FEMMES D'ALGER
DANS LEUR APPARTEMENT

DU MÊME AUTEUR

La Soif, roman, 1957, I^e édition.
Les Impatients, roman, 1958, I^e édition.
Les Enfants du nouveau monde, roman, 1962, I^e édition.
Les Alouettes naïves, roman, 1967, I^e édition.
L'Amour, la fantasia, roman, 1985, J.- C. Lattès.
réédition, 1995, Albin Michel.
Ombre sultane, roman, 1987, J.-C. Lattès,
réédition, Albin Michel.
Loin de Médine, roman, 1991, Albin Michel,
réédition « Livre de Poche », 1995.
Chronique d'un été algérien, 1993, Plume,
avec photographies de Wurstemberger, J. Vink,
D. Dioury, P. Zachmann.
Vaste est la prison, roman, 1995, Albin Michel,
Prix Maurice Maeterlink 1995.
Le blanc de l'Algérie, récit, 1996, Albin Michel.

© 1980, Des femmes - 6 rue Mézières 75006 Paris
Tous droits réservés pour tous pays.
Deuxième édition : 4e trimestre 1980.
Troisième édition : 3e trimestre 1983.
ISBN : 2 7210-0461-1

ASSIA DJEBAR

FEMMES D'ALGER
DANS LEUR APPARTEMENT

NOUVELLES
Préface et posface de l'auteur

des femmes
Antoinette Fouque

OUVERTURE

Ces nouvelles, quelques repères sur un trajet d'écoute, de l958 à 1978.

Conversations fragmentées, remémorées, reconstituées... Récits fictifs, visages et murmures d'un imaginaire proche, d'un passé-présent se cabrant sous l'intrusion d'un nouveau informel.

Je pourrais dire « nouvelles traduites de... », mais de quelle langue ? De l'arabe ? D'un arabe populaire, ou d'un arabe féminin ; autant dire d'un arabe souterrain.

J'aurais pu écouter ces voix dans n'importe quelle langue non écrite, non enregistrée, transmise seulement par chaînes d'échos et de soupirs.

Son arabe, iranien, afghan, berbère ou bengali, pourquoi pas, mais toujours avec timbre féminin et lèvres proférant sous le masque.

Langue desquamée, de n'avoir jamais paru au soleil, d'avoir été quelquefois psalmodiée, déclamée, hurlée, théâtralisée, mais bouche et yeux toujours dans le noir.

Comment œuvrer aujourd'hui en sourcière pour tant d'accents encore suspendus dans les silences du sérail d'hier ? Mots du corps voilé, langage à son tour qui si longtemps a pris le voile.

Voici donc une écoute où je tente de saisir les traces de quelques ruptures, à leur terme. Où je n'ai pu qu'approcher telles ou telles des voix qui tâtonnent dans le défi des solitudes commençantes.

Autrefois, me semblait-il, passer de l'arabe populaire au français amenait une déperdition de tout le vivace, du jeu des couleurs. Aussi ne désirais-je me rappeler alors qu'une douceur, qu'une nostalgie des mots...

Les femmes vivent-elles, en dépit de ce son feutré ? Cette contrainte du voile abattu sur les corps et les bruits raréfie l'oxygène même aux personnages de fiction. A peine approchent-ils du jour de leur vérité qu'ils se retrouvent la cheville entravée, à cause des interdits sexuels de la réalité.

Depuis dix ans au moins – par suite sans doute de mon propre silence, par à-coups, de femme arabe –, je ressens combien parler sur ce terrain devient (sauf pour les porte-parole et les « spécialistes ») d'une façon ou d'une autre une transgression.

Ne pas prétendre « parler pour », ou pis « parler sur », à peine parler près de, et si possible tout contre : première des solidarités à assumer pour les quelques femmes arabes qui obtiennent ou acquièrent la liberté de mouvement, du corps et de l'esprit. Et ne pas oublier que celles qu'on incarcère, de tous âges, de toutes conditions, ont des corps prisonniers, mais des âmes plus que jamais mouvantes.

Femmes d'Alger nouvelles, qui depuis ces dernières années, circulent, qui pour franchir le seuil s'aveuglent une seconde de soleil, se délivrent-elles – nous délivrons-nous – tout à fait du rapport d'ombre entretenu des siècles durant avec leur propre corps ?

Parlent-elles vraiment, en dansant et sans s'imaginer devoir toujours chuchoter, à cause de l'œil-espion ?

ASSIA DJEBAR, 1979.

AUJOURD'HUI

FEMMES D'ALGER
DANS LEUR APPARTEMENT

*A Sakina, ma sœur
à Abu Dhabi.*

I

*Tête de jeune femme aux yeux bandés, cou renversé,
cheveux tirés – le brouillard de la pièce étroite empêche
d'en voir la couleur – ou châtain clair, plutôt auburn,
serait-ce Sarah ? non, pas noirs... La peau semble
transparente, une perle de sueur sur une tempe... La
goutte va tomber. Cette ligne du nez, la lèvre inférieure à
l'ourlet rose vif : je connais, je reconnais ! Et le profil
tangue soudain; à droite, à gauche. Un lent
balancement sans la voix berceuse de la nourrice qui
nous réchauffait ensemble dans le lit d'enfance, haut et
sombre. Il tangue à droite, à gauche, sans les pleurs de la
douleur douce, la perle de sueur devenue une larme, une
seconde larme. Fumée s'élevant en volutes. La moitié
gauche de la face au bandeau (bandeau blanc, pas noir,
elle n'est pas condamnée, elle a dû le mettre elle-même,
elle va l'arracher, elle va pouffer de rire et éclater de vie
devant moi, elle...), la moitié gauche ruisselant
entièrement dans le silence, plutôt le son coupé, les
hoquets en arêtes dans la gorge ; l'autre partie du visage,
profil de pierre, statue lointaine qui va flotter en arrière,
toujours en arrière. Son coupé... Sarah... L'appeler,
trembler dans l'appel pour prévenir le sacrifice, quel
sacrifice...*

*Enfin, bruits de la chambre opaque : hommes au torse
nu, au masque d'infirmier sur la bouche (non, pas « mes »*

infirmiers ceux-ci sont athlétiques, bien nourris,
placides...) qui vont, qui viennent, je ne peux les compter.
Enfin les bruits, quel répit : la campagne serait là, tout
près, par la lucarne ouverte, quelque douar. Bêlement
d'une chèvre ; à sa suite, tout un poulailler en musique
de piccolo... Pas d'oiseaux, des enfants pleurant au loin,
avec une tonalité gaie, une fontaine assez haut, une
source plutôt, l'eau éclaboussant l'herbe naissante... Tout
près l'infirmier-chef manipule, il met en marche un
moteur, mais l'eau de la fontaine submerge tout en flots
nourris de délivrance, la chèvre bêlant seule vers l'azur,
plus d'enfants qui chantent ou gémissent c'est pareil...

Masque de la jeune femme immobilisé, tombé de côté,
sans cou peut-être, enfin la table se découvre avec
latéralement des flacons suspendus, et des tuyaux, un
matériel de cuisine ?... « Ma » table, « ma » salle, non, je
n'opère pas car je ne suis pas là, à l'intérieur, cerné moi
de même, je regarde, mais je ne suis pas avec eux, Sarah
se réveillera-t-elle, l'anesthésie, début ou fin de
l'opération, et ce douar proche sans voix de femmes ni
d'enfants, sans appels à l'horizon, seule la chèvre, une
chèvre blanche avec un cou tendu, la lucarne s'est
élargie, un ciel tout blanc, comme peint, un ciel neuf,
silencieux lui aussi, qui s'agrandit au-dessus des
infirmiers, non, des techniciens, ciel qui va les anéantir.
Enfant de nouveau qui geint tout près, ou serait-ce
Sarah, les yeux bandés, les yeux troués... Le moteur se
met en marche dangereusement, la « gégène »...

Ali sauta du lit d'un bond.

La chambre, envahie de soleil, le balcon ouvert sur un
coin de ville et penché vers des bateaux dans la rade.
Vaisseaux tranquilles.

Sarah, allant et venant dans la cuisine, utilisait le grille-
pain. Ali, adossé un instant au chambranle de la fenêtre
donnant sur le balcon, reprit conscience lentement.
Clignant des yeux devant l'irisation du matin, il recula à

l'intérieur, se dirigea vers la salle de bains. « L'eau, songea-t-il, il me faut de l'eau fraîche ! » Il s'en aspergerait et serait tiré tout à fait des nervosités de ce sommeil.

Le téléphone. Sarah surgit dans le couloir.

Elle se penche, attend : le lait, sur le feu, risque de brûler.

— C'est moi ! commence Anne. Peux-tu venir ? Je ne suis pas bien... (suspens ; Sarah appelle, chuchotant)... Pas bien du tout, reprend au loin la voix isolée.

Sarah, revenant dans la cuisine, abandonne les préparatifs du petit déjeuner, se chausse dans la chambre où Ali fait maintenant sa gymnastique, prend les clefs de la voiture.

— Et Nazim, toujours ailleurs ?... (derrière elle, la voix d'homme bougonne). On pourrait avoir besoin de lui ici, maintenant que...

La porte claque dans le courant d'air. Sarah conduit à travers des rues étroites qui montent, qui descendent, tournant de plus en plus en couloirs glissants de rêve. Rues encombrées d'ordures. Sarah remarque soudain : « Troisième jour d'arrêt des boueux. » Tout le long du trajet, un malaise en elle persiste :

« Est-ce seulement avec Ali, est-ce avec eux tous ?... Quand les autres me parlent, leurs mots sont détachés... Ils flottent avant de me parvenir !... Est-ce pareil quand je parle, si je parle ? Ma voix ne les atteint pas. Elle reste intérieure. »

Pourtant Anne, au téléphone : à son premier accent, une bouffée d'angoisse avait comme secoué l'appareil.

La voiture arrêtée, Sarah ouvre la porte d'un couloir tapissé de mosaïques. Depuis deux jours, Anne se cloître dans cette vieille demeure.

Dans la salle de bains au marbre verdâtre, gestes de Sarah précis, efficaces : le robinet grandement ouvert, Anne au-dessus de la baignoire vomissant longuement. Sarah apporte le nécessaire : bidon d'eau, serpillière, éponge ; tant de dégâts à réparer.

Dans la glace au-dessus du lavabo, elle se voit debout : derrière la Française aux cheveux trop longs. Sarah tire la masse noire. Anne se baisse, s'asperge les joues, le front, le visage entier. Laisse échapper des gémissements saccadés. Sans bouger, Sarah forme une tresse de la chevelure, prend d'une main une bouteille d'eau de Cologne, l'ouvre, en verse sur la nuque de l'amie, recule. Elle s'en asperge, elle aussi. Vaincre l'odeur de la vomissure... Elle n'écoute pas Anne qui gémit :

— Excuse-moi, vraiment... excuse-moi !

Dans la pièce large, basse, envahie de pénombre, où a dormi la passagère, Sarah remet le matelas en ordre, relève les coussins, secoue la natte en diss...

« Ça sert de vivre avec un chirurgien. Autrefois j'aurais appelé au secours, bêtement. Trop de cachets d'un seul coup : la faire vomir, c'est tout simple ! »

Anne va, vient, dessine des cercles rétifs au milieu de la pièce nue. Sarah s'assoit dans un coin, à même le carrelage. La pierre tue les odeurs : celles de la maladie, du désespoir.

— Un coup de cafard !... ricane Anne. Un vrai mélo : désarroi d'une femme mûre et abandonnée, suicide raté !... Il n'y a qu'une inconnue : pourquoi arriver de si loin jusqu'ici, pour cela ?

Son geste du bras, haché, désignant les coussins et le matelas, maintenant rangés.

— J'aurais dû te le dire hier, quand tu m'as attendue au port (elle soupire... retrouve sa douceur) : Sarah, je suis venue ici pour mourir !

Sarah accroupie dans le coin le plus sombre, éloignée, désire soudain se fondre dans l'obscurité.

— Je l'ai compris à l'aube, hier, en sortant sur le pont : le bateau approchait. Tout le monde regardait la ville blanche, ses arcades comme plongées dans l'eau, ses terrasses penchées. Moi, devant le spectacle attendu, je pleurais sans même m'en apercevoir et quand je m'en suis rendu compte, alors seulement ces mots, malgré l'éclat du dehors : « Mon Dieu, je suis venue là pour mourir ! » Cette évidence m'apparut : cette ville où, paraît-il, je suis née, que j'avais oubliée, même quand les journaux hier en parlaient tant, j'y reviens pour la fin...

Anne débite ensuite une histoire chronologique, en ordre. « Son » histoire ; le mari, les trois enfants, quinze années d'une vie étrangère contenue dans une heure de mots : est-ce banal ? C'est banal.

Enfin, Sarah se lève, les genoux raidis, va à la baie, fait ce qu'elle désirait faire depuis le début du récit : d'un geste sec, elle tire l'immense rideau de toile aux rayures rouges.

– Non ! crie l'autre, aveuglée.

Sarah se tourne à demi : la tresse sur l'épaule, Anne a reculé jusqu'au mur blanc du fond, les deux mains sur les yeux comme pour les bander convulsivement, les coudes levés tressaillant encore. Plus tard, un peu plus tard.

– Je ne supporte pas la lumière ! sanglote-t-elle.

Sarah, de nouveau accroupie sur la natte, l'enlace, la berce en cadence, tandis qu'elle continue à se défaire, à se refaire dans une fatigue différente.

Interlude.

Le *hazab* de la maison voisine, dans ce quartier de petites villas mal blanchies, a dix filles. *Hazab*, c'est-à-dire lecteur de Coran à la mosquée. Cela ne l'empêche pas de rester artisan, d'aller entre les heures de prière à son échoppe de cordonnier, lieu de rendez-vous des lettrés ès juridiction islamique. C'est un vieil homme, vêtu d'une toge blanche, chaque jour renouvelée et flottant noblement autour de son corps noueux. Il circule maintenant entouré de la considération visible du quartier.

Plus de trente ans auparavant, au cours des émeutes du 8 mai 1945, il avait été condamné à mort pour avoir tenté de faire sauter à la bombe l'arsenal d'une petite ville côtière. Gracié trois ans après, il s'était marié, était alors venu habiter la capitale, avait eu quatre filles, avait passé ensuite cinq années à la prison Barberousse (dès le début des « événements » d'Algérie, au premier soupçon d'activité clandestine, il avait tout naturellement été arrêté).

Sa femme avait élevé sa première couvée dans la misère, mais avec le souci primordial de remplir les couffins hebdomadaires de la prison. Elle avait repris le rythme des accouchements « au lendemain de l'indépendance » (beaucoup de récits plus nobles commencent encore par cette expression oratoire...). A sa quarantième année et à sa douzième grossesse, dont une fausse couche, Allah, qu'il soit béni, lui avait enfin accordé le garçon rêvé.

L'héritier du hazab entrait dans sa sixième année. On allait ces jours prochains, célébrer la circoncision du garçon, première fête familiale.

Les trois filles « d'avant l'indépendance » (la quatrième, la plus effacée, venait d'être fiancée à un employé de banque) posaient quelques problèmes. L'aînée, vingt-quatre ans, pratiquait le judo depuis son adolescence, s'obstinait en outre à ne sortir qu'en pantalon (seule explication par ailleurs au manque persistant de demandes en mariage sérieuses). La seconde, à vingt-deux ans, terminait à l'université une licence ès sciences naturelles (et le père, en déambulant au-dehors, tentait de comprendre le rapport existant entre les sciences naturelles et un cerveau féminin mais n'osait en parler ; l'âge aidant, il était devenu timide avec ses filles et souffrait davantage d'avoir à le cacher). La troisième, enfin, Sonia, vingt ans – la récitante de cette mini-chronique – occupait tous ses loisirs à des entraînements d'athlétisme. Elle a récemment décidé de devenir professeur d'éducation physique. « Ne vivre que sur un stade ! » ajoute-t-elle avec ardeur.

Ce même matin, Sarah entra chez le *hazab*, consacra

un long moment à dévider placidement les formules de politesse dans une courette où la mère, assise, jambes écartées devant un brasero, grillait poivrons et tomates, tandis que deux de ses filles glissaient, pieds nus dans l'eau, et se disputaient avec de petits rires. Sonia, malheureusement, se trouvait à son entraînement : Sarah lui fit demander d'aller, au retour du stade, tenir compagnie à Anne.

A la porte, la visiteuse croisa le *hazab*. Elle lui baisa l'épaule droite. Celui-ci l'entretint quelques instants pour s'excuser des détritus répandus ; il lui signala qu'il avait réussi à obtenir des voisins qu'ils couvrent leurs poubelles. Sarah l'écouta puis rejoignit la voiture qu'elle manœuvra dans l'impasse, sous le regard attentif du hazab et d'enfants figés sur les seuils.

Deux heures plus tard, la jeune Sonia entra chez Anne. Du verger étroit où toutes les filles se retrouvaient, on communiquait par un portail avec la bâtisse où Anne logeait, dans un studio qui dominait les terrasses alentour. Sonia se glissa donc, légèrement vêtue, des mules aux pieds. Anne qui lui ouvrit la porte s'émut faiblement de la beauté svelte et si brune – un brun olivâtre – de la jeune fille.

– Je suis la voisine annoncée ! dit Sonia.

Elle prépara sans façon un thé, retourna au verger cueillir une poignée de fleurs de jasmin qu'elle mit dans le sucrier, déclara ensuite qu'elle aimerait faire plus ample connaissance.

Aussi se transforma-t-elle, le temps d'un jeu avec la Française, en chroniqueuse familiale.

II

– Une vésicule à enlever, votre père sera sorti dans vingt minutes, affirma la secrétaire, fard impeccable, lunettes à la main. A travers la partie vitrée de la porte, Nazim surveilla un moment les gestes d'Ali sur l'écran d'une télévision intérieure qui surplombait la table d'opération.

La salle paraissait étroite. Nazim apercevait l'anesthésiste immobile, visage figé, dans un coin. Un autre aide se dressait derrière une géométrie de flacons et de tubes, issus de l'appareil énorme d'oxygénation.

L'atmosphère du lieu à demi éclairé semblait, dans son confinement, d'une irréalité tragique. Le visage masqué d'Ali s'inscrivit à nouveau sur l'écran de télévision...

Nazim, en se retournant, heurta la secrétaire.

– Allez l'attendre dans son bureau ! suggéra-t-elle. Il y a même du café dans une Thermos !

Elle suivit des yeux l'adolescent qui s'éloignait le long du couloir.

Il ne prit pas l'ascenseur, traversa un hall d'attente encombré, donnant sur deux salles où recevaient des assistants. Une vieille paysanne l'apostropha en berbère. Nazim s'arrêta. A demi voilée, une robe flamboyante recouvrant son opulente personne, la femme protestait en montrant, au creux d'une écharpe noire qui lui sciait la poitrine, un bébé assoupi.

Le jeune homme eut un geste d'impuissance, fit demi-tour pour aller chercher une infirmière bilingue. La vieille reprit son discours à l'intention d'Aïcha, la secrétaire, qui répondit dans le même parler rude. Soulagé, Nazim les laissa.

Dans le bureau à air conditionné et aux meubles en teck d'un brun luisant, il mit en marche un autre poste de télévision intérieure : sur l'écran, le chirurgien, qui allait terminer, eut un ou deux gestes brièvement impératifs vers ses aides puis ses yeux, présents comme ceux d'une femme voilée de la ville, se figèrent en gros plan, assez longuement.

L'adolescent prit une feuille blanche, un crayon, écrivit rageusement de droite à gauche et en travers de la page, plusieurs lignes obliques en caractères arabes.

Il sortit, tandis que le visage de son père disparaissait de l'écran pour être remplacé par la blancheur papillotante du vide.

Ali n'utilisait qu'un arabe oral : la charge de ce service de chirurgie générale, un des plus modernes du pays, ne lui avait pas permis, ces dernières années, de se recycler dans la langue nationale.

Il téléphona au service tout proche de cytologie, fit appeler Baya, une laborantine originaire de son village.

— Fille des Aurès, lui dit-il avec une bougonnerie un peu forcée, j'ai encore besoin de tes services de traductrice, cette fois pour de la littérature familiale.

Elle arriva vite. De sa voix appliquée – comme l'était toute sa personne d'une rondeur si fraîche – elle lut : « Vous avez été, dites-vous, de ceux qui ont craché sur vos pères soumis pour ensuite monter "allumer le feu de la révolution"... » (« L'arabe est toujours imagé »,... commenta-t-elle, comme si elle s'excusait.)

— Est-ce tout ? coupa Ali.

— Attends, il continue ainsi : « Les fils ne crachent plus sur leurs pères pour aller à l'aventure aujourd'hui... Je pars, je ne sais où... Si je reviens plus tard, ce sera pour baiser la main de Sarah. »

Un silence.

— C'est tout, finit par dire Baya qui se mit à tripoter un bouton de sa blouse blanche.

— Nous l'avons trop gâté, je l'ai dit cent fois, nous l'avons laissé trop libre ! marmonna Ali en se levant.

Il avait toujours été assez massif, mais à présent il s'alourdissait davantage. Dressé devant la baie, il cacha

de son dos large la vue du port. Une quarantaine de
navires au moins, immobilisés et qui attendaient, des
jours durant, l'entrée dans une rade moins encombrée,
formaient, à présent, comme des figures fragiles d'un
ballet entre ciel et eau. Figés malgré eux, ils devenaient
presque irréels devant les regards invisibles des
terrasses... Abruptement, Ali pensa à la liberté : ce mot
creusant un grand écart furtif dans la dépense de
lumière du dehors. Il en eut une sorte de frémissement Il
se retourna, le visage de nouveau durci.

— Je te laisse téléphoner à Sarah ! Il hésita : Fais
comme tu veux : communique-lui le message, ou
demande-lui de passer... Je retourne à la salle : un foie à
opérer, j'en aurai pour trois heures minimum !

Il sortit, une tasse de café à la main : Aïcha, sur le
seuil, surveillait la jeune femme, comme elle l'aurait fait
devant une intruse.

— Il s'inquiète, murmura Baya en fronçant les sourcils.
Une fugue d'adolescent... A quinze ans, c'est normal !

Elle s'était souvent sentie proche de Nazim. Pour elle,
il était surtout un cousin rieur. Elle l'avait même initié,
lors de son dernier anniversaire, à une ou deux danses
modernes.

Baya rejoignit lentement son service de cytologie et
remercia sa collègue d'avoir, pendant son absence,
surveillé ses bouillons de culture. Une famille entière,
venue du Sud, attendait avec angoisse pour ce jour-là le
verdict du caryotype : leur enfant, qu'ils avaient élevé
jusqu'à maintenant comme une fille, semblait être de
sexe contestable. Baya se replongea dans la mise à jour
des fiches que demanderait en fin de matinée son
« patron ».

Hors de l'hôpital, Nazim, en dégringolant une rampe
en escaliers, espéra trouver quelqu'un de familier pour
tenir à voix haute le discours qu'il avait préparé sur son
père :

– De ses cinq ans de maquis, que m'a-t-il raconté ?...
La manière dont il avait ouvert le bal officiel au Kremlin,
peu avant les années 60 (ils étaient cinq premiers
« fellaghas-étudiants » à être passés en U.R.S.S. par les
maquis et les « pays frères »)... Et de la vie de maquis, un
seul détail « misérable » : terrés dans des grottes, ils
tuaient leurs poux l'hiver ! Un camarade de cette époque
glorieuse avait même ajouté devant moi, un jour où il
était pas mal éméché : « On en tuait un tel nombre et
nous étions devenus si experts que les poux faisaient,
en s'écrasant sous nos ongles, un vrai bruit de
mitraillette »... Sarah qui me disait alors (plus qu'une
belle-mère, elle se comporte en compagne de jeux
agressive) : « Pourquoi lui reproches-tu une mémoire
parcimonieuse ! Serait-il préférable qu'Ali, comme tant
de pères, fignolât à ton usage une auréole héroïque bien
commode ? »

Nazim reprit, comme s'il le savait par cœur, le
discours. Il arriva. sans rien voir de la rue, ainsi habité
de mots, de véhémence, jusqu'au vieux port déserté, la
darse des anciens « rois d'Alger »... Il s'assit sur un
parapet. Un ivrogne en costume européen, un turban sur
la tête – la face burinée comme celle de ces aventuriers
d'autrefois, saouls de pillage et de puissance –
l'apostropha. Nazim refusa de boire avec lui : la bière
l'écœurait toujours. L'autre s'endormit, l'adolescent se
mit à regarder une rangée d'anciennes demeures de
pêcheurs serrées sous des voûtes successives, en
contrebas d'une avenue bourdonnante : des paysans
déracinés y logeaient à présent comme en un souterrain.
Les seuls sans doute de la ville à laisser ainsi leurs
fillettes et leurs femmes assises dehors, se peignant leurs
longs cheveux les unes les autres, avec des grâces de
gitanes. Certaines, de loin, commencèrent à se moquer
du jeune homme et du vieil ivrogne endormi en boule à
ses pieds, le turban sur son visage rougi.

« Ne plus retourner à l'hôpital... », songea Nazim, puis

il s'engourdit de fatigue, face aux pentes étagées de la cité dont les bruits se dissolvaient dans un poudroiement de brumes matinales.

A l'hôpital, parmi ses assistants, Ali se préparait. « L'opération la plus délicate... Un foie énorme à ouvrir... très peu de chances de s'en sortir pour ce vieux notable nationaliste... »

Trois fils du malade, des hauts fonctionnaires raidis d'importance plus que de désolation, attendaient dans le bureau du chirurgien. Le quatrième. un industriel de fraîche date et l'habit voyant, se joignit à eux peu après, tandis que Aïcha leur servait en silence le café.

Ali opérait dans une seconde salle : plus petite, tout un coin rétréci en triangle. Au moment d'y pénétrer peu avant, masqué et ganté, il avait hésité une seconde : là, précisément, se souvint-il dans une lancée, se déroulait son rêve des nuits précédentes.

Jour de chaleur. La conduite de la vieille Peugeot épuisait un peu plus Sarah alors.

Dans le laboratoire de l'institut de recherches musicales, elle enleva sa veste, retroussa les manches de son chemisier. En se recoiffant, elle passa la main sur son front, prit le temps de se masser une ou deux fois la nuque : premières minutes de bien-être physique depuis... Elle dompta sa mémoire – depuis quelle jouissance, depuis quelle nuit ? Elle s'astreignit à calculer comment rattraper ces deux heures perdues.

Assise, elle manipula le magnétophone habituel, prépara les écouteurs, sortit de sa boîte un rouleau magnétique. Irma, l'ingénieur du son responsable du laboratoire, se mit à raconter avec volubilité le dernier week-end musulman qu'elle passait toujours avec son mari et ses trois garçons dans une petite ville conservatrice de l'intérieur du pays.

– La loi est dorénavant appliquée : on n'élèvera plus

de porcs nulle part. Nous nous arrêtions jusque-là sur la route à une si charmante ferme autogérée de la plaine où l'on en élevait une centaine ! La charcuterie que l'on achètera sera du sanglier traité... Il y a tant de sangliers dans les bois, maintenant que les métayers abandonnent beaucoup des jardins du piémont... On exportera même ce sanglier congelé...

Sarah, par politesse, gardait les écouteurs sur les épaules. Elle profita du silence pour les mettre à ses oreilles. Elle s'excusa d'un geste du doigt et reprit l'étude des *haoufis* de Tlemcen, chants des femmes d'autrefois.

Près de l'appareil, elle disposa deux feuilles de couleur différente. Sur papier rose, elle écrivit, nerveusement ce qui l'habitait tous ces jours tandis qu'à pied ou en voiture, elle parcourait, l'air apparemment absent, les rues de la ville :

« "Comment mettre en musique une ville entière"
projet de documentaire. »

De la même écriture large, sur papier blanc, elle ajouta :

« "Documentaire sur les rues d'Alger", temps : à déterminer, du *haoufi*. »

Elle hésita sur le dernier mot; elle se rappela qu'on appelait ces chants de citadines, « chants de l'escarpolette », mais les jeux des jeunes filles sur les terrasses d'autrefois n'étaient-ils pas depuis longtemps révolus ?

Elle actionna l'appareil. Deux femmes fredonnaient, quasi sans accompagnement, des paroles quelquefois incertaines, comme si leur mémoire, par instant, faiblissait. Sarah néanmoins reconnut l'air : dans son enfance, des tantes, des cousines se mettaient soudain à battre des mains dans une cour, au beau milieu de travaux ménagers. Elles entonnaient ces mêmes chants, insistaient puérilement pour que l'une, en se levant, dessinât d'un mouvement des hanches, le rythme lent et gracile... Sarah se mit à traduire, au fur et à mesure :

« Salut sur ma maison et sur la pièce du haut...

Sarah arrêtait une minute la bande, cherchait une approximation des formules arabes, (la « ghorfa », est-ce seulement la pièce du haut ?) remettait en marche l'appareil :

> « ô ennemi des ennemis
> ô toi, l'amoureux des jeunes filles...
>
> ...
>
> Les jeunes filles sont passées et t'ont trouvé
> en train de dîner... »

Sarah transcrivait plus lentement que le déroulement des vers arabes ; quelquefois, l'une des chanteuses, en se remémorant, s'esclaffait faiblement :

> « La vigne pleine de raisins, le ruisseau plein
> de poissons
>
> ...
>
> toi qui gravis les montagnes,
> que le salut soit sur toi
> que le salut soit sur toi,
> ô mon frère, fils de ma mère... »

Le chant se continuait. Sarah n'inscrivait plus : les voix des chanteuses – un enquêteur intervenait pour indiquer qu'il s'agissait de sa mère et de sa sœur enregistrées tel jour de telle année... – débitaient les vers déchirés en bribes nostalgiques. Sarah semblait suivre à la trace, maladroitement, quelque chemin de tristesse. Toute une tendresse dont ces voix étaient pleines, remontait en nénuphar de l'oubli. Autrefois, dans des patios ouverts vers le ciel, ne demeurait que l'espoir d'une rencontre d'amour en terrasse, qu'un miracle...

Violemment, Sarah dévida la bande magnétique en arrière, reprit depuis le début ce même chant, un chronomètre à la main. Elle entreprit de mesurer le temps exact de la première strophe.

Irma, bandeau de cheveux noirs tressés au-dessus du front, corps tranquille, s'absorbait, debout, dans des

fiches à classer, certaines n'étaient composées que de
références arabes. Elle les mit de côté : il s'agissait de
chants funèbres des femmes d'une oasis; laquelle
précisément, quel type de percussions utilisées ? Il lui
fallait vérifier si l'on avait porté le nom des récitantes ou
si l'indication conservait l'anonymat.

Sarah, lors d'une pause, accepterait de l'aider. Irma lui
montra les fiches en silence ; Sarah, d'un sourire,
acquiesça.

Le téléphone. Baya, de l'hôpital, lut le message de
Nazim. Sarah, qui avait reposé lentement le récepteur du
téléphone, resta immobile.

Irma s'approcha : elle crut que la jeune femme avait
été saisie d'un malaise.

– Mauvaise nouvelle ? demanda-t-elle et son accent
allemand, trop prononcé, masqua la sollicitude du ton.

Sarah se força à bouger, voulut retourner à sa place
puis se décida à prendre les fiches d'Irma en arabe qui
étaient posées ; elle se mit à recopier les références :

> « Chants funèbres des femmes de Laghouat,
> cérémonie prise dans la famille X... le 2ᵉ du mois
> de Moharrem. Bobine n°... »

Elle laissa en blanc les numéros : Irma avait appris à
lire les chiffres hindous.

De nouveau devant le magnétophone, Sarah remit les
écouteurs aux oreilles. Elle écrivit sur le papier rose:

> « Danse des balcons chargés d'enfants en
> grappes
> enfants rêveurs
> espace circulaire.»

Elle considéra ces notations comme s'il s'agissait du
début d'un poème. Sur la page blanche, en face, elle
transcrivit un nouveau chant de femme qu'elle
entendait :

> *« ô Maman, ma Reine...*
> *J'ai rencontré un beau jeune homme*

Je lui ai donné la pêche
Il m'a dit : " ô ma reine, je suis malade.
L'amour est dans ma maison..." »

Avec les redites, le chant durait deux minutes, vingt
secondes. Elle nota sur la feuille précédente : « panora-
mique très lent de droite à gauche – 2' 20". »

« Nazim a fichu le camp », se dit-elle enfin, surgie
toute écorchée hors de la musique, et elle se demanda, à
cause des écouteurs, si par hasard elle avait parlé haut...

– Etrange ! On pourrait imaginer un monde où les
femmes j'allais dire « nos » femmes ? – au lieu d'être
invisibles, seraient rendues sourdes. On déciderait d'un
âge d'intronisation dans l'interdit, d'une cérémonie, de
tout un rite : ce serait pour leur mettre, comme moi
maintenant mais définitivement, des barrières énormes
sur les oreilles... Elles n'écouteraient plus personne et ce
serait un crime d'honneur au cas où un mâle, d'ailleurs
ou d'ici même, tenterait de se faire entendre d'elles...
Elles ne percevraient que leur gargouillis intérieur, cela
jusqu'à ce qu'elles deviennent vieilles et n'enfantent
plus.

Elle rêva, remit en mouvement le ruban magnétique
pour écouter, dans un espace sonore neuf, un solo de
flûte.

– Une crise d'adolescence..., concluait Irma qui avait
dû dire plusieurs autres phrases, sans que Sarah levât la
tête. Elle fixa Sarah de l'air gêné de ceux qui présentent
leurs condoléances, reprit ses fiches arabes traduites puis
sortit du laboratoire dignement.

Dans la salle de chirurgie, tête aux yeux bandés,
profil de pierre renversé. Le malade est mort sur la table.
L'anesthésiste redouble d'efforts deux minutes encore.
Grondement de l'appareil d'oxygénation. Silence creusé
parmi les six ou sept masques blancs. Gestes des gants
en accélération irréelle. Cadavre, irrévocablement.

Nerveusement, Ali donne l'ordre de recoudre le corps. Il sort le premier. Les trois fils hauts fonctionnaires attendaient, l'industriel étant parti après une heure d'impatience.

– Une cirrhose au dernier degré, expliqua Ali sans façon, après avoir annonce l'issue fatale... Si vous préférez parler « d'un cancer généralisé », pour que vos épouses croyantes ne soient pas choquées, à votre aise... Ce sont vos soucis de famille !...

– Merci, professeur ! remercia l'aîné qui prit la concession pour une faveur rendue à sa haute fonction. Et il toisa ses frères sans réplique.

Ali quitta l'hôpital. Un mort « sur table », il savait comment l'oublier : il prit la voiture, s'éloigna de la ville par la route de corniche ouest et s'arrêta un peu plus tard chez le peintre, son seul ami. Celui-ci, dans une villa humide, vivait confortablement c'est-à-dire sans manquer d'alcool.

Dans le vaste jardin délabré, des tentes s'ouvraient : le maître des lieux apparut en short, échevelé ; il expliqua au nouveau venu :

– Quinze Palestiniens vont s'installer... Depuis deux ans ils sont stagiaires en hydrocarbures... L'institut ferme l'été : la direction n'est même pas fichue de prévoir où mettre les frères... Ils sont venus protester. Au lieu d'aller insulter des fonctionnaires je préfère qu'ils restent ici... La plage n'est pas loin...

Pour le peintre, plutôt un poète (mais c'était sa peinture qu'il vendait aux nouveaux nantis, tandis que ses invectives journalières lui assuraient d'innombrables inimitiés), la guerre nationale n'avait pas duré sept ans, mais se prolongeait au moins de soixante-dix autres. Il y était donc encore. Peut-être que l'amitié palestinienne réussirait enfin...

– A quoi ?

– A te sortir de la haine ! ricana Ali, s'installant à

l'intérieur, sur un matelas, au milieu de portraits de
mères décharnées et accusatrices, certaines dans un ciel
bleu, d'autres sur fond presque noir.

— La haine ! siffla le peintre en apportant à la fois thé
et whisky. Nous la suçons avec le lait de nos mères
exploitées !... Ils n'ont rien compris : ce n'est pas
seulement le colonialisme l'origine de nos problèmes
psychologiques, mais le ventre de nos femmes
frustrées !... Fœtus, nous sommes déjà condamnés !

— Nourris-moi d'abord ! gémit Ali.

— Je suis allé chez les fous ce matin, commença le
peintre, après le premier verre. Je dessine pour eux.
Comme si j'avais à leur enseigner quoi que ce soit, tout
comme toi, professeur, ricana-t-il... ! Or passant d'une
cellule à l'autre, qui je découvre, isolée, enfermée depuis
quatre ou cinq jours, Leila !... Oui, la grande Leila,
l'héroïne. Si elle se drogue, on s'en fout, fait-elle du mal
aux autres, à ceux qu'on a décorés avec elle ?
Certainement pas !... « Qu'est-ce que tu fais là ? » ai-je
crié. Elle a pleuré en me voyant. J'ai tout ouvert,
bousculé tout le monde, je l'ai emmenée sur-le-champ !
J'ai maudit les psychiatres et leur clique... Quand ils
arrivent dans ce foutu pays, qu'est-ce qu'ils
comprennent à toi, à moi, à Leila ?... Elle a eu le cafard,
elle est tombée dans les pommes... et alors ?
Condamnée à mort à vingt ans, des années de prison
hier et on l'enfermerait encore ? Ils osent !... Au nom de
la science, cette putain ?... Je l'ai amenée ici, je vais la
guérir !

Après une méditation, le peintre avoua :

— Puisque tu débarques, vieux, autant te le dire à toi
le premier, je décide de l'épouser !... Je suis le seul mâle
ici qui refuse, sous tout prétexte, d'enfermer une
femme... Chez moi, elle sera sûre de s'envoler en toute
sécurité...

Il avala d'un trait un autre verre.

— Tu crois qu'elle sera d'accord, elle ? répliqua Ali.

– Ton doute me blesse ! déclama le peintre qui inclinait vers un début d'ivresse douceâtre.

Leila, en se réveillant, mit un disque : une vieille chanteuse juive qui lui rappela son enfance, et que son oncle, un boutiquier de la Casbah, faisait venir à chaque cérémonie familiale.

« *Qu'est devenu mon ami, lui qui était avec moi ?...* » chanta Meriem Fekei dont la voix nostalgique consolait les femmes alanguies des patios d'autrefois.

Sur le lit, en écoutant sans relâche le même disque, Leila se replongea dans les images flottantes de son cauchemar : regards de femmes voilées en blanc ou en noir mais le visage libre, qui pleuraient silencieusement, comme derrière une vitre. Et Leila se disait, le corps endolori, qu'elles pleuraient, ces tantes et ces aïeules disparues, sur elle, sur sa mémoire défaite.

« *Quitter définitivement la ville !* » gémit l'héroïne. « *Qu'on me donne un bébé qui vient de naître, mes seins gonfleront enfin de lait et je pourrai partir, pieds nus, sur les chemins... jusqu'à... jusqu'à Lalla Khedidja !* »

Sarah, son travail fini, erra un moment dehors, tournant autour de la « place du cheval » (le cheval du général Bugeaud déboulonné dans la liesse d'hier) : des rôdeurs la frôlaient, mais aussi quelques enfants dans des jeux éclaboussés. Là la file des ménagères aux arrêts encombrés des bus. Plus bas, comme abrités sous des feuillages, les mâts du port s'enchevêtraient.

Sarah fixa une façade précise, non loin du théâtre municipal, près d'une rue en arcades. Un balcon désuet, le seul sans rideaux et ouvert. Chaque jour au même instant, vers six heures de l'après-midi, une femme en jupe longue, corolle orange vif, surgissait en soulevant à demi un enfant de quatre, cinq ans. Ses bras esquissent une danse, la même tous ces jours. Elle virevolte une première, une deuxième fois puis s'immobilise comme suspendue, lointaine, à demi penchée au-dessus de la place bruyante.

Trois jours successifs, durant sa recherche sur les images-son du documentaire, Sarah observait le manège avant de regagner sa vieille voiture. Elle conduit dans le tohu-bohu, ne parvient pas à oublier l'inconnue : est-elle enfermée à clef pour qu'elle se venge ainsi, par cette crise gratuite de danse gaie... ou est-ce l'enfant qui réclame l'espace, la liberté ?

Au volant, Sarah songe à l'entassement des enfants dans les chambres hautes, aux multiples balcons, persiennes fermées, qui ceinturent le front des rues. Elle songe aux femmes cloîtrées, même pas dans un patio, seulement dans une cuisine où elles s'asseyent par terre, écrasées de confinement... Coupures d'eau trop régulières, odeur des urines d'enfant, criailleries, soupirs... Plus de terrasses, plus de trouées du ciel au-dessus d'un maigre jet d'eau, pas même la fraîcheur consolatrice des mosaïques usées...

Les seules femmes libres de la ville sortent en files blanches, avant l'aube, pour les trois ou quatre heures de ménage à faire dans les bureaux vitrés des petits, des moyens, des hauts fonctionnaires qui arriveront plus tard. Elles pouffent de rire dans les escaliers, rangent les bidons l'air hautain, relevant lentement leurs coiffes superposées, tout en échangeant des remarques ironiques sur les chefs respectifs des étages, ceux qui, protecteurs, les questionnent sur les études des enfants, et ceux qui ne parlent pas, parce qu'on ne parle pas aux femmes, qu'elles travaillent dehors ou qu'elles soient, comme les leurs, objets de représentation... Les femmes libres de la ville repartent chez elles, rêvent devant un café sur la table basse, au fils aîné qui grandira, qui, sûr, deviendra lui aussi un de ces chefs d'étage : elles pourront enfin fermer leur porte et surveiller à leur tour les jeunes filles pour les maintenir à l'abri, entre des murs.

Interlude.

Dans le verger, près des quatre orangers et du citronnier lourd de fruits, les filles du *hazab* dansaient. La voix du « Vieux » – on appelait ainsi le chanteur algérois le plus populaire, du moins parmi les adolescents en désarroi et les intellectuels déracinés – avait des sursauts comme des hoquets : le chant andalou, chez les autres immuable, se chargeait chez lui d'un dérisoire mi-ironique, mi-désespéré. Folklore cassé, son écho hantait les terrasses. Le luth soutenait d'abord sur un rythme lent le chanteur ; c'était le « Vieux » lui-même – irrégulier et fantasque dans ses ruptures – qui marquait à sa guise l'accélération. Un chœur de voix séniles le suivait avec peine.

A la reprise de l'orchestre, un groupe de fillettes très jeunes qui évoluaient sous le citronnier se forma. Hanches rondes ou minces se dessinaient à travers le feuillage et ses fruits, malgré la pénombre et l'on apportait un bougeoir qui fut posé sur la dalle. Final d'une partition. Rires entrecroisés des danseuses au fond.

Anne est assise sur le seuil des chambres basses, près de la mère de Sonia et d'une vieille enturbannée qui décorent de paillettes multicolores des pâtisseries, losanges gonflés d'amandes. Genoux ouverts et bras tendus, comme si elle avait laissé tomber un poids, Anne écoute appels ou exclamations juvéniles sans les comprendre, retient le son cristallin d'un rire, le trémolo guttural d'une phrase.

Une fillette d'une dizaine d'années fit irruption : un pantalon bouffant trop large sur ses jambes maigrelettes, le fez du père couvrant à demi ses cheveux crêpelés. Armée d'un bâton, elle se lança dans une turquerie trépidante : un maître de maison battant ses quatre femmes. Dans le fond du jardin, le jeu dériva en gestes obscènes, en criailleries.

La mère, grasse et joviale, un fin tatouage entre les yeux, se tourna vers Baya, venue directement de l'hôpital. Elle lui demanda de transmettre à la Française son plaisir d'hôtesse de la recevoir et d'expliquer :

– Ce soir, veille de la circoncision de notre dernier – que Dieu nous le garde ! Pour sa protection et son bonheur futur, nous lui mettrons un peu de henné sur les mains.

Baya commenta ce retour au folklore : une petite tache rouge dans les paumes, alors qu'autrefois, précisait-elle, c'était toute une cérémonie, mains jusqu'aux poignets, pieds jusqu'aux chevilles toute la nuit emmaillotés dans la pate flamboyante du Paradis.

– Le folklore, ainsi conservé en famille comme le seraient des confitures, nous rassure... intervint Sonia, en dénouant ses cheveux.

Le « Vieux » reprit une nouvelle composition, après une ouverture de guitare et de luth. Le prélude avait semblé éparpiller l'obscurité partout. Quelqu'un avait éteint les chambres du premier, sans doute un cousin venu épier les danseuses dans le noir.

– Ce sont eux qui se cachent alors !... suggéra une rieuse.

– L'effrontée ! protesta une autre. Nous sommes si tranquilles, loin des hommes !

Baya considérait Anne en véritable étrangère. Celle-ci dit par hasard qu'elle arrivait de Lyon, la jeune fille aussitôt d'évoquer avec un plaisir volubile un stage d'études à Lyon, deux ou trois années auparavant : c'était là qu'elle, la première du pays avec trois garçons, s'était initiée à la cytologie, le professeur Monod « prix Nobel », précisa-t-elle, en visite dans le service lui avait personnellement prodigué des encouragements.

– On explique aux parents que, sur les quarante-six chromosomes de la cellule sanguine, les deux derniers XX ou XY vous donnent la nature du sexe. Notre service, le seul dans le pays, examine les anormaux (elle donnait les explications avec bonne volonté, comme elle l'aurait fait pour des recettes de pâtisseries). Chez nous, on établit le caryotype seulement à partir des cellules sanguines périphériques, pas encore à partir du prélèvement de la moelle...

— Quel est l'anormal du jour ? demanda la sœur de Sonia qui pratiquait le judo et qui, à chaque visite de Baya, suggérait de tranquilliser le père en lui mentant : après tout, pourquoi son dernier chromosome ne serait-il pas un Y, non un X ?

— Une lettre à changer, soupirait-elle emphatiquement, et tout, vraiment tout ici, serait changé pour nous ! »

— Aujourd'hui, murmura Baya, c'est un garçon de douze ans amené du Constantinois... Il ne peut marcher, à peine se tenir debout. Sa pauvre mère, effondrée, ne peut plus cacher l'horrible secret !...

La mère et la vieille enturbannée étaient remontées à l'étage, le plateau de gâteaux sur les bras. L'odeur de la menthe, qu'on préparait pour le thé, se répandit tandis qu'on rallumait au premier.

— Mon anormal d'aujourd'hui, reprit Baya — qui glissait ses doigts dans ses cheveux noirs et les tirait lentement — eh bien, il avait un sexe énorme... Vraiment ! un sexe d'éléphant !

— La lumière ramène les moustiques, protestaient au fond deux ou trois voix de danseuses.

Le « Vieux », sur le microsillon, reprit, nasillard, et pour la troisième fois, son couplet, sans le moduler selon la tradition, en le lançant plutôt, en net désaccord sur le rythme, comme un sarcasme :

> « Je lui ai dit : mon amante, mon habitude, Meriem,
> De ton regard plein de promesses, fais-moi renaître au bonheur ! »

— Après le thé, décida la mère, qui revint poser la table basse près d'Anne et de Baya, tu verras mon fils en gandoura : beau comme un ange, mon unique !

Baya traduisit et précisa qu'à minuit seulement le henné s'amollirait sur les paumes.

Sonia s'était arrêtée de danser. Elle s'approcha : les épaules nues, rieuse, croquant à pleines dents dans un citron aussi gros qu'un pamplemousse. Elle en tendit un à Anne qui refusa.

Le « Vieux » déroulait toujours sa complainte au luth. A un étage de la maison, tout en l'écoutant, le *hazab* tentait de dormir. Chaque nuit, malgré la musique et l'odeur des pâtisseries, il ne se sentait pas tout à fait chez lui... Il mit son malaise sur sa déception récente : se résigner à faire circoncire son fils par un médecin et non par le sacrificateur des jours d'hier, en général l'homme du village, ou du quartier, qui avait le couteau le plus rapide. Ces habiles d'autrefois, certains étés, ne savaient plus où donner de la tête : dix, quinze ou vingt garçonnets à ensanglanter en un seul après-midi, parmi les cris stridents des femmes, le prépuce sautant dans des serviettes emplies de fleurs de jasmin. Jours de fête disparus ! Le *hazab* soupira.

Cette même nuit, Sarah avait décliné l'invitation de ses amies. Allongée aux côtés d'Ali dans l'obscurité, elle imaginait leur chambre tel un temple, profond et vide. « Comment aurais-je pu rester parmi elles, quand l'enfant... où dort-il à présent ? »

Elle pensa à un bain maure, des têtes de paysans amoncelées sous des couvertures... ou peut-être un coin de cave d'immeuble. On parlait de jeunes filles, souvent des lycéennes, qui faisaient des fugues si le père soupçonnait quelque amourette. Sarah rêva à une camaraderie sacrée d'adolescents révoltés et les rues en pente de quartiers qu'elle aimait le jour lui parurent des corridors menaçants... Nazim et sa silhouette longue, osseuse, son regard devenu mobile, son tic : l'index derrière le pavillon de l'oreille droite pour la frotter. Il aurait dû traverser l'adolescence avec une circonspection tranquille. Or, depuis six mois, il refusait le lycée, distribuait ses affaires personnelles ; il lui arrivait de déambuler en haillons.

– Il avait cinq ans, cinq ans et trois mois quand je l'ai vu la première fois : son regard alors trop sérieux, posé sur moi gravement : « sauras-tu m'aimer ? » a-t-il dû penser. Dix ans après, je n'ai pu rétablir la distance entre le père et le fils...

Au moment d'épouser Ali, elle avait longtemps hésité : non parce qu'Ali, veuf, avait un enfant à élever, non, pour le mariage, tout bonnement... Après une adolescence passée en prison – des chambres murmurantes, pleines de compagnes –, elle avait prolongé outre mesure ses années d'université.

– Que faites-vous ? lui avait demandé protoco-lairement Ali, présenté dans un couloir d'hôpital.

– Je marche toute la journée, avait-elle répondu. Je ne me lasse pas de marcher dehors, savez-vous ?

Elle se retourna dans la couche, vers l'homme endormi : ses yeux enfoncés ; sa barbe mal rasée et son haleine d'alcool, ce soir, par exception.

Elle l'avait épousé. Ses errances du jour avaient gardé leur dessin de cercles vagues, improvisés, dans l'espace vibrant de lumière intarissable. Mais elles revenaient désormais au même point de départ : ce lit à deux, ce corps d'homme.

« Endormi ainsi, il m'attendrissait autrefois. Je le sentais pourtant fermé, comme sur des secrets insoupçonnables. Sommeil noué sur lui-même. Son corps ne frissonne même pas. Pareil serait-il mort. Opaque, un homme reste toujours opaque. »

Le matin, elle ouvrit très tôt les volets. Dans la cuisine, elle écouta de la musique. Fit quelques légers mouvements de gymnastique devant une fenêtre ensoleillée. Elle revint dans leur chambre avec un plateau. Ali se réveillait.

– Je t'apporte le petit déjeuner ! La radio vient

d'annoncer que la ville sera propre : les camions-bennes de la voirie, les géants qu'on attendait, ont été livrés malgré l'encombrement du port. Les boueux travaillent depuis quatre heures, au moins !

Dehors, les rues en pente ruisselaient d'eau neuve. Hors de leur immeuble, Ali et Sarah remarquèrent que la puanteur des pigeonniers d'une villa voisine avait disparu. Son jardin embaumerait ce soir, à leur retour. Un jasmin en fleurs en enveloppait le grillage.

Sarah quitta Ali près de son hôpital. Elle s'aperçut seulement alors qu'elle avait parlé depuis son lever, dans un début de gaieté persistante.

III

Le bain public, dans ce quartier populaire, ouvrait pour les femmes tous les jours, sauf le vendredi – jour de la prière à la Grande Mosquée – et le lundi – parce que les enfants n'avaient pas classe et qu'alors les mères de famille, encombrées de leur marmaille, gaspillaient vraiment trop d'eau. Or la propriétaire, une sexagénaire pieuse et économe, ne tenait pas à augmenter les prix, pour ne pas avoir à faire les rénovations nécessaires. Ce serait l'affaire du fils unique, quand il rentrerait d'Europe... s'il rentrait.

Outre ce problème de l'urgence des travaux, la hantise de la vieille dame était de se retrouver un jour avec une bru européenne. Aussi toisa-t-elle Anne qui entrait, avec Baya et précédée de Sonia, l'habituée des lieux, d'un regard de condescendance soupçonneuse.

Anne avait résolu, en se déshabillant, d'entrer vêtue d'un maillot « deux pièces ». Baya et Sonia portaient leurs pagnes habituels aux rayures voyantes, qui animèrent la pénombre de la chambre chaude.

Peu de femmes à cette heure : quatre ou cinq de l'autre côté de la dalle de marbre. L'une d'elles, qu'on ne voyait pas, fredonnait d'une voix de contralto une complainte triste.

Anne, très vite, libéra du tissu de jersey noir ses seins qu'elle avait lourds et qui, quelquefois, lui pesaient. Sonia ouvrit les robinets, rinça à grande eau deux petits bassins, sortit une série de tasses cuivrées de tailles différentes. Baya, embellie par l'éclat de sa peau grasse et blanche au milieu des vapeurs translucides, se mit à verser maternellement de l'eau tiède sur la chevelure d'Anne qui, en se déployant, lui recouvrait tout le dos.

– Sarah est en retard ! remarqua Sonia.

– Elle vient rarement au bain, répondit Baya tout en enduisant le cuir chevelu d'Anne d'une pâte verdâtre.

Assoupie de chaleur, celle-ci se laissait faire, regardant

autour d'elle. Une lucarne dans le plafond à l'ogive élargie : voûte ancienne qui aurait pu être celle d'une abbaye. Qui, la nuit, pourrait se cacher là, qui mêlerait ses pleurs de silence à l'eau suintante ?... Mystère de cet univers d'eau souterraine.

La baigneuse, qui chantait près de la dalle de marbre, continuait son thrène grave.

– Que chante-t-elle ? demanda Anne à mi-voix.

– Ce n'est qu'un mot répété... Un gémissement qu'elle module, remarqua Sonia après un moment. Elle improvise !

– Elle se console plutôt ! ajouta Baya. Nombre de femmes ne peuvent sortir que pour le bain... Nous la verrons tout à l'heure dans la salle froide. Nous lui parlerons !...

L'inconnue, comme si elle avait deviné qu'on s'interrogeait sur son chant, l'interrompit net, puis demanda d'une voix éraillée un bidon à la porteuse d'eau.

– Bouillante !... Je veux l'eau bouillante !...

Baya traduisit, en chuchotant, à Anne, les mains sur ses seins qu'elle ponçait et c'est alors que la Française ne demanda plus rien, contempla fascinée les corps usés autour d'elle. Bras d'une masseuse, dressée debout sur la dalle, qui s'agenouilla ensuite, ceinturant le corps d'une baigneuse, face, ventre et mamelles écrasés contre la pierre, les cheveux en masse rougeâtre, les épaules ruisselant des traînées du henné délayé.

La masseuse entrouvrait les lèvres sur des dents en or qui luisaient ; ses seins longs, traversés de veinules jusqu'à leur bout, pendaient. Sa face de villageoise, vieillie avant l'âge, devenait, sous la lueur qui descendait en rayons obliques de la lucarne, un masque de sorcière orientale. Elle portait des pendentifs argentés qui émettaient un son heurté à chaque fois que ses épaules et ses bras noueux descendaient en glissant de la nuque de la baigneuse qui s'endormait, jusqu'à ses seins. Noirâtre, paisible, travaillant rythmiquement, la masseuse semblait elle-même se détendre. S'arrêtant pour reprendre souffle, versant alors lentement une tasse d'eau chaude sur le dos nu bronzé, tandis que, sous elle, s'exhalaient des soupirs rauques.

Ainsi, tandis que peu à peu des mères de famille avec enfants endormis et nourrissons geignants emplissaient la salle chaude, le couple des deux femmes installées sur la dalle, dominant les autres baigneuses, se renouait dans le rythme ahané, prenait forme étrange, arbre lent et balancé dont les racines plongeraient dans le ruissellement persistant de l'eau sur les dalles grises.

— Allah est grand, généreux !

— Un pèlerinage pour toi cette année, ma mère !

Les bénédictions se dévidaient en direction de la masseuse que plusieurs groupes demandaient. Celle-ci, descendant de la dalle, solennelle comme une vieille idole, laissait se découvrir, du pagne qui glissait, un ventre plissé, tout tavelé.

— Les pèlerinages à La Mecque sont désormais pour le premier venu, s'exclama-t-elle avec morgue. Que le Prophète me pardonne, même si je me retrouvais couverte d'or, j'aurais perdu l'envie d'aller jusqu'à son tombeau !... Si au moins j'étais sûre que ce serait pour mourir, quitter cette vie de labeur ! maugréa-t-elle.

Elle s'adressait à Baya et Sonia, tout en scrutant Anne aux seins nus qui se recroquevillait et tâchait de trouver une station stable, dans cet espace d'humidité et de sons creusés. A sa manière de s'asseoir sur le tabouret trop bas et d'être encombrée de sa nudité, la vieille la sentit étrangère, malgré ses cheveux noirs et surtout son sourire un peu las qui la faisait ressembler, à cause de sa résignation, à une femme de la ville.

Baya demanda à être massée. Elle interrogeait la masseuse, transmettait les réponses à Anne, Anne soudain le cœur oppressé. « Trop de chaleur d'un coup, pour toi ! », constata Sonia qui la poussa à sortir dans la chambre froide.

A l'autre bout de la salle chaude qu'elles quittaient, parmi des vapeurs épaisses sentant fortement le soufre, Anne aperçut deux ou trois baigneuses qui, ayant auparavant éloigné d'elles leurs enfants, se rasaient méticuleusement le pubis.

Fraîcheur à présent de la seconde salle, avec tout autour des marches de pierre où l'on s'assoit. S'adosser contre le mur craquelé... Une sorte d'alcôve noirâtre dans un coin, où les femmes l'une après l'autre, au sortir de la chambre chaude, se rincent debout abondamment, se dévêtant du pagne furtivement, avec des pudeurs secrètes. Assises ensuite, toutes rosies, semblables, elles s'apprêtent à s'alléger : conversations ou monologues déroulés en mots doux, menus, usés, qui glissent avec l'eau, tandis qu'elles déposent ainsi leurs charges des jours, leurs lassitudes.

Sarah arrive enfin, pagne serré sous les aisselles, qui lui tombe à mi-cuisses Un peigne dans les mains, une tasse d'eau fraîche pour boire, elle s'assoit tranquille, au milieu d'un groupe. Tout près d'elle, une baigneuse asperge ses pieds gonflés à petits coups d'eau tiède, la tête tartinée de henné, le regard au loin. Elle amorce aussitôt le fil de sa chronique.

Sarah ne la connaît pas. Mais, tout en s'approchant d'Anne et en lui proposant de lui démêler ses cheveux mouillés, elle écoute l'inconnue aux yeux absents ; en arrière, brouhaha des voix entrecroisées. Chuchotement entretenu des peines, une fois les pores de la peau bien ouverts, et ouverte l'ombre des pierres froides. D'autres femmes, muettes, se dévisagent à travers les vapeurs : ce sont celles qu'on enferme des mois ou des années, sauf pour le bain.

Sarah reste attentive en même temps au ruissellement toujours présent de l'eau qui transforme ici les nuits en murmure liquide... Une porte s'entrouvre : le temps d'une ponctuation sonore, bidons que l'on heurte, éther troué d'un rire ou d'un gémissement, criaillements continus des enfants propres qu'emmaillotent et que maudissent les mères, fatiguées de porter ici aussi leurs fardeaux de chair, de ne pas pouvoir s'envelopper seulement de chaleur, d'oubli.

Anne se laisse peigner. Sarah écoute sourdre musique et propos qui se cherchent.

– Dans un village socialiste, intervient l'inconnue (et elle cite ses références : un quotidien en langue nationale que lui lit chaque jour son garçonnet de dix ans), des femmes, des paysannes, ont cassé des robinets, pour pouvoir aller chaque jour à la fontaine !... L'ignorance !

– La liberté ! réplique Baya qui sort de la chambre chaude... Comment leur a-t-on construit les nouvelles maisons ? Fermée, chacune, sur elle-même... Est-ce ainsi dans le douar ?

« Que casser en moi, ou à défaut en dehors de moi, pour retrouver les autres ? Retrouver l'eau qui court, qui chante, qui se perd, elle qui libère mais peu à peu, chez nous toutes. » Sarah s'absente.

Anne fit elle-même sa tresse, sourit d'un air gauche, gênée de sa poitrine nue qu'un enfant, juché sur les bras d'une voisine, s'était mis soudain à caresser.

– Combien a-t-elle allaité d'enfants ? demanda la voisine, s'adressant à Sarah qui sursaute.

– Trois ! répondit celle-ci, sans traduire, et Anne qui avait froid se levait pour retrouver la chaleur d'étuve.

Alors Baya désirait parler, pas à Sonia, elle lui semblait trop jeune, à Sarah plutôt qui la rassurerait : ainsi parviendrait-elle à dénuder enfin ses peurs. Depuis la veille, elles n'avaient pas échangé le moindre commentaire sur la lettre de Nazim que Baya avait lue au téléphone. Sarah rêveuse. Sarah silencieuse. Pour qui se préoccupe-t-elle, songea Baya, pour l'adolescent disparu ou pour le père ? Elle aurait tant voulu l'entendre : les mots qu'elle choisirait donneraient réalité à cette fugue, la feraient drame ou incident banal.

– Me marier continue à me préoccuper, déclara enfin Baya à Sarah qui n'interroge pas, qui se penche dans l'attente.

Ses mains triturent une pâte d'herbes écrasées et d'huile... Elle écoute : certaines des vierges, dans cette ville, vous abordent avec leurs émois, pour ainsi dire les mains tendues. Naïveté ouverte en don. Si Sarah pouvait, elle pleurerait avec une tendresse défaite, dans une pénombre de voix féminines. Pour rien, pour elles toutes... L'évolution, les petits pas se faisaient dans une myopie totale, quand tout au moins une chaleur ancienne évitait que la révolte tournât sur elle-même, en toupie dérisoire.

– Tu te souviens du fiancé dont je t'avais parlé l'an dernier ?

Sarah acquiesçait avec hésitation.

– Donne-moi de l'eau... non... froide !

Baya continuait, se détendait :

– Finalement, mon père l'a chassé avec fracas de la maison... Nous avions pourtant fixé le jour des fiançailles, mais voilà, sa sœur aînée, qu'il respecte et qui vit ailleurs, n'a été avertie qu'en dernier... Vexée, elle jura qu'elle ne serait pas présente. Lui, il a alors voulu reporter la date, et mon père... tu sais comment sont les hommes au village, avec leur susceptibilité...

Sarah laissait le même enfant s'agripper à son dos. La mère, excédée, le lui abandonne.

– Je n'ai pas de chance !

– Si, protesta Sarah, il paraît que tu as eu une promotion au laboratoire !

– Bien sûr, gémit Baya les yeux brillants... Mais, tu sais comment je suis : je ne serai pas tranquille si je ne me marie pas !

Une nouvelle venue, d'un certain âge, comprenant le français, intervint. Un bidon d'eau chaude entre les pieds, elle y trempait un bras malade, par petits coups.

– Avec ta beauté ! s'exclama-t-elle et elle ajouta en

berbère pour se faire confirmer l'origine régionale de la jeune fille : « Les louis d'or n'ont pas besoin de chercher preneur ! Le maître choisi du destin se présentera ! »

Baya sourit avec coquetterie. Sarah s'absenta de la conversation désira entrer à son tour dans la chambre chaude, elle ne pourrait y rester plus d'un quart d'heure, à cause de son cœur qui se fatiguerait.

Anne, quand Sarah la rejoignit et que, assise sur les genoux, elle fit glisser son pagne, aperçut la cicatrice large et bleuâtre de son amie.

– Une brûlure ? demanda-t-elle en la touchant lentement, tout le long de l'abdomen.

Sarah ne répondit pas. « Blessure de guerre », devrait-elle dire, probablement sur un ton mélodramatique. Anne ignorait tout de la ville au cours de la période passée de feu et de meurtres : femmes dehors sous la mitraille, voiles blancs que trouaient des taches de sang... Comment Sarah avait épuisé sa jeunesse ? Quelque part, ainsi, dans ces rues ouvertes puis dans une prison où des adolescentes avaient été entassées... Etait-ce pour répondre à cette interrogation qui s'était mise ces temps-ci à l'habiter qu'elle travaillait à ce projet, apparemment artistique, d'un documentaire sur la ville ? Ses murs, ses balcons, l'ombre des prisons vides.

Sarah et Anne s'étaient retrouvées l'année précédente dans un aéroport : l'émoi d'être allées à l'école primaire ensemble, bien avant la guerre... Le père d'Anne, un magistrat, avait été muté ensuite dans une autre colonie. Un escalier tombait sur un square. Elles le prenaient ensemble, fillettes si différentes mais rieuses chaque jour à cette rencontre répétée. De l'acacia embaumait le jardin public, « tu te souviens ? » précisa Anne, elle qui, durant la nuit passée dans le verger, avait fini par danser, par pleurer tout en dansant... « Rythme semblable des épaules, bras naviguant sous ce citronnier lourd, rires d'enfance parmi tant de femmes... est-ce pour cela aussi mon retour ? »

Les deux femmes se rincèrent l'une l'autre. La masseuse proposa ses services d'un air gouailleur : elle apportait serviettes, eau froide pour les pieds à la dernière sortie de la dernière salle, elle avait même disposé dans la fraîcheur du vestibule, des matelas pour le repos alangui des indolentes, et espérait par habitude un pourboire avantageux C'est alors qu'après les avoir enveloppées maternellement toutes deux, « comme de jeunes mariées », précisa-t-elle heureuse de la complicité que ce cliché ne manquait pas de provoquer, c'est alors qu'en faisant un mouvement, la tasse de cuivre à la main, elle glissa d'un coup et tomba, sa main droite frappant d'un revers le bord de la dalle en marbre.

Outre les deux femmes qui sortaient, une baigneuse vigoureuse abandonna ses enfants pour aider à porter la masseuse qui geignait.

Dehors Sarah s'habilla la première. Enveloppa ses cheveux d'un foulard à franges, sortit téléphoner chez l'épicier du coin. La propriétaire du bain, d'ordinaire rivée à sa caisse, l'accompagna au vestibule, puis amorça une crise nerveuse, en pensant à la désorganisation qu'elle prévoyait pour les jours suivants : le métier se perdait, où trouver maintenant des porteuses d'eau ?

— C'est que, ajouta la malade qui se réveilla d'une première torpeur, où trouvera-t-elle comme moi, la « Hadja », à la fois une porteuse de bidons d'eau (les bidons m'ont tuée, ce sont eux, mon malheur) et en même temps une masseuse ? Heureusement encore que je masse pour mon seul bénéfice !

Anne observait la face creusée, les yeux qui brûlèrent de haine impuissante. Elle lui essuya le front qui transpirait.

Elle rentra, tout habillée, dans la salle froide, en rapporta une tasse d'eau pour qu'à son tour la malade se rafraîchisse les mains et le front.

Dans le taxi, encombrée d'un voile de laine usée mais d'une blancheur intacte, la vieille s'assoupit entre Sarah et Anne.

A l'hôpital, Sarah demanda le service d'urgence. Un jeune médecin la reconnut. Cela permit à la masseuse de se sentir rassurée.

— Ta main droite à réexaminer dans une heure... On va t'hospitaliser, ô mère !

La vieille considéra les calmants donnés par le jeune interne avec méfiance. Anne décida de rester à son chevet, dans une salle où d'autres femmes reposaient.

Elle tenait la main encombrée de pansements comme une bouée : les autres malades s'imaginaient qu'elle était une bru attentionnée, que le fils, c'était sûr, allait apparaître.

Sarah revint, accompagnée d'Ali qui sortait d'un cours avec des étudiants.

Après un long examen :

— Ce n'est rien, Mère, affirma-t-il. Ma collègue, une femme, se chargera de toi et certainement t'opérera !

— Une opération !... Je ne veux pas être endormie, c'est contraire à mes croyances !

— Quelles croyances ? rétorqua Ali rudement. Lève-toi donc et pars, si tu le désires : tu ne pourras plus alors travailler de cette main.

La vieille ne dit plus mot, même quand Ali partit. Anne qui avait compris, lui sourit avec confiance. « Si je pouvais lui avouer que je me sens renouée à elle !... J'ai dû avoir un nourrice comme elle... Si je... »

— Sarah, comment s'appelle-t-elle ?

— Fatma, répondit vivement la vieille. Soudain elle montra sa bouche édentée (prudente, elle avait enlevé son dentier d'or dans le taxi, pensant que sinon, l'hôpital ne serait pas gratuit). Explique-lui que chez nous les fatmas s'appellent toutes Fatma !

Elle s'endormit une heure après, terrassée par la fièvre.

Sarah dit à Anne qu'elle reviendrait avec la chirurgienne : la seule chirurgienne de la ville s'était spécialisée dans les opérations de la main, les accidents du travail rendant ce secteur particulièrement encombré.

Toujours au chevet de la porteuse d'eau, Anne dévisageait les autres malades avec attention. La main en avant trouant l'espace, comme un bras de noyée qui s'enfonce, la vieille assoupie se mit à gémir et elle semblait peiner encore sous le poids des bidons.

Quand on la transporta dans l'ambulance pour l'emmener jusqu'au service de la chirurgienne, à l'autre bout de la ville, à peine si elle se réveilla. Son rêve, scandé par le sifflement de l'ambulance qui tentait de franchir l'encombrement du trafic, se nouait, se dénouait en mots heurtés, telle une souffrance trop ancienne.

Pour un diwan de la porteuse d'eau.

« *Endormie, je suis l'endormie et l'on m'emporte, qui m'emporte...* »

Corps lourd à l'horizontale dans le fourgon sifflant et traçant son sillage à travers la ville basse. Chuintement respiration qui cherche à partir du ventre... Nombril œil rouvert, mains face au ciel, la droite enturbannée de blanc, plus énorme qu'une palette de boulanger et l'autre rapetissée de nervures, de rides couleur de henné ancien, paume masseuse en second des chairs de baigneuses geignantes sous les voûtes humides...

Suintement des mots évaporés, miasme après miasme, sous ces mêmes pierres d'ombre, flottant dans des corridors d'eau. Mots libérés à la suite de mon corps de vieille sculpteuse, me faisant sillon dans l'ambulance qui fonce. Mots en accords électrisés de hululements du harem, mots transparents de vapeurs, d'échos...

« Endormie, je suis l'endormie et mon corps on l'emporte... »

Toute invocation au Prophète ou même à ses veuves se plombe...

Les mots seuls, mots de préhistoire, mots informes, de blanc strident, mots qui n'oppressent plus tandis que ces mains, la blanche et l'autre rougie, glissent, se rythment selon les ahans des baigneuses dévotes, mots évanescents qui pourraient illuminer le sifflement continu de l'ambulance fonçant pour moi – chamelle royale n'ayant cure des artères qui montent, entre des falaises d'escaliers qu'hier encore je descendais, voilée de laine usée...

Dorénavant ainsi nue, je circule en planant, et je ne serai pas momie, je suis souveraine, impératrice horizontale au geste qui risque d'être amputé, pour l'instant geste d'offrande. Ainsi ma seule navigation fluide de triomphe (les navires, dans la rade là-bas, mes témoins immobiles) car je circule, moi la femme, toutes les voix du passé me suivent en musique, chant heurté, cris cassés, mots en tout cas étrangers, voix multiples trouant la ville à midi métamorphosée...

« Je suis – suis-je, je suis la dévoilée... »

Au fond, géologie des mots perdus, mots-fœtus à jamais engloutis, s'échapperont-ils, élytres noirs, se réveilleront-ils pour m'écharder alors que je ne porte plus, plus jamais, de masque sur le visage dehors, de bidons sur la tête dedans, c'est fini, sont-ils noyés, la douleur des strates, voix seconde, sans tonalité ni vibration :

« Je suis – suis-je, je suis l'exclue... »

Fourmillement de mots des abysses, resurgissant dans le corps horizontal qui avance, et l'ambulance fraie son sillage : méandres de rues qui s'incurvent entre des balcons où s'élargissent les yeux d'enfants statufiés... Navires d'aquarelle, mer en barre éternelle, à présent hauteurs de la ville dans des mauves allongés de silence : l'hôpital est-il loin encore, la chirurgienne se prépare-t-elle, seule enfin à se boucher de tissu blanc la bouche ?...

Le faisceau de murmures se noue, la gerbe de borborygmes se forme au-dessus du ventre, en bas de la poitrine creusée... Les strophes effilochées se regroupent, où cerner la langue qu'exhalent les femmes arabes, sanglots longs, ininterrompus, intérieurs, qui coulent en accompagnement triste, pertes sanguinolentes d'une renaissance de menstrues, mémoires béantes de harems aux janissaires décapités et dont les murs de chaux oscillent de sons nouveaux, de paroles lacérées, toutes autour de moi, la porteuse d'eau créant mon espace neuf... Voix incertaine et qui souffre, et qui souffle d'avoir à se chercher :

« C'est moi – moi ? – C'est moi qu'ils ont exclue, moi sur laquelle ils ont lancé l'interdit
C'est moi – moi ? – moi qu'ils ont humiliée
Moi qu'ils ont encagée
Moi qu'ils ont cherché à ployer, leurs poings sur ma tête, pour me faire couler droit, jusqu'à la strate du mal face de singe, moi dans les marbres du malheur sourd, moi dans les rocs du silence de voile blanc... »

Et l'eau, en gerbes inépuisables, l'eau qui a continué tout ce temps à s'écheveler en cascades, soie de frissons brûlants, seaux noirs sur l'épaule qui se déversent hors du trou fumant.

« Moi, c'est moi qu'ils ont voulu étouffer, happer à partir du trou de feu, qu'ils ont crue de peau marquée à vif et béante de cicatrices ouvertes, moi, est-ce moi ?...

Les freins à peine crissant, le chauffeur-infirmier fait glisser l'ambulance dans la bâtisse de l'hôpital des hauts de la ville, le sifflement suspendu un instant reprend dans la chambre comme de torture, autour de mon corps endormi, qu'on anesthésie tout à fait, froissement de lamelles, les poinçons, de lames de couteau... Minutes précédant l'opération. Psalmodie de l'entre-deux enfin se composant selon le rythme des préparatifs, sous les yeux aux cils longs et noircis d'antimoine de la chirurgienne, le bas di visage voilé.

Moi, j'étais celle qu'on prétendait marier dans l'aurore du monde... »

Mon Sahara s'allongeait au bord, mes parents se souvenaient d'avoir été nomades et je courais, fillette pieds nus, sur la dune... Les chambres sentaient le fumier, ma chèvre, j'avais une chèvre blanche, tendait le cou vers l'azur... Ainsi dressée, la ferme paternelle que je croyais opulente.

Mon père habillé en légionnaire ; je me souviens de son uniforme, du drap rouge de son habit. Je frottais ma joue contre, tout contre quand il me serrait entre ses genoux... Et je tremblais... Il venait de loin en loin... Ma mère morte à ma naissance, mes tantes, en grappes, étouffaient de rires éclaboussés quand, à la venue du père, elles me présentaient habillée de multiples robes de femme – moi qui baissais les yeux, qui me glissais tout contre le pantalon bouffant écarlate...

Lors d'une permission, mon père venu avec un autre soldat ; mes tantes silencieuses. On allait m'emmener comme une mariée du commencement du monde... Pour le fils de l'étranger, disait-on, le père l'avait décidé. Les tantes pleuraient, elles disaient que l'aïeule vivante, le père n'aurait jamais osé...

On me fardait à treize ans, on m'épilait les sourcils, les aisselles, le pubis, on me mettait des paillettes sur le front, sur les pommettes, on m'achetait des mules brodées. Mon cœur battait de mon premier voyage, moi, la mariée des commencements...

La calèche allait vers le nord...

« Endormie, j'étais l'endormie et l'on m'emporte, qui... »
La calèche fuyait, des inconnues aux voiles noirs encombrants, me tâtaient de leurs doigts rougis d'excès de henné, me palpaient les seins, les épaules, le ventre, puis elles hululaient de joie, elles lançaient leurs cris perlés tandis que je montais vers les plateaux du nord. Cri guttural, poussé par intermittences tantôt par l'une, ou par l'autre (quatre, elles étaient quatre sœurs), ce cri me donnait froid, il enfonçait en moi l'enfance, les courses dans la dune, les rires en cascade...

« J'étais, j'étais la mariée de l'aurore du monde... Porteuse, porteuse d'eau pour finir, dans des trous fumant de vapeurs... »
Treize ans, grande pour mon âge et brune à souhait, les cheveux jusqu'sur les reins, les yeux noircis, les paumes rougies. Treize ans, j'avais des seins amples depuis un an ou deux, mon cœur battait du premier voyage, espoir, puis crainte, puis... Le noir d'un coup, aujourd'hui cinquante, soixante ans, je ne sais pas mon âge, le noir du

temps : sans doute un bidon d'eau trop chaude
du destin, sur mes épaules de treize ans. Depuis
j'ai toujours eu cinquante, soixante ans, quelle
importance, les baigneuses toujours entrent et
sortent, les enfants crient dans le brouillard
d'étuve, l'eau n'en finit pas de couler sur la
pierre, elle pèse en bronze noir sur mes épaules
et je masse enfin, et...

 « Porteuse, je veux de l'eau... de l'eau bouillante !...
Porteuse, porteuse d'eau... »
 Derrière, le noir et la fumée du trou... La
misère dans cette ferme, au terme de ma
première course ! Enfants sur le sol au ventre
ballonné, des mouches dans les yeux; même pas
de quinquets dans les chambres de terre battue,
les amphores fixées au sol encombrant tout...
Les femmes, visages de vieilles, les seins dehors
pour allaiter, leurs bébés tirant les mamelles
vides ; quelques hommes au regard fiévreux,
assis le jour durant : des étendues de pierre
autour, plus bas une plaine verte, opulente, que
le Français avait autrefois saisie après la venue
d'hommes de loi et de gendarmes... En
descendant de la calèche, m'avait accueillie le
maître, le même ceinturon que mon père et
m'observant les yeux vifs comme si je venais
pour lui... L'époux, cette nuit, un adolescent aux
mains qui tâtonnent mon corps froid. Le
lendemain, la hargne des femmes : « Travaille !
Montre ce que tu sais faire, princesse »... et peu
après « toi que ton père a cédée pour deux
bouteilles de bière dans une ville de garnison ! »
Fini, je sus à l'insulte que c'était fini ! Deux
mois, ou trois, de misère encore.
 La voix seconde se remet à chanter, heurtée,
cassée, avec un hoquet :

*« Moi — est-ce vraiment moi ? — car ils ont voulu
m'enfoncer, ils ont prétendu me plonger, tête la première,
dans la croûte noirâtre du mal face de singe... »*

Enfin la course. Une nuit, je m'enfuis sans
voile, en toge rouge et ces mots en moi : « courir
devant... toujours devant ! » N'existait plus de
sud, plus de nord, seulement un espace et la
nuit, la longue nuit de ma vie qui commençait.

Plus d'enfants nus au ventre ballonnant, plus
de belles-sœurs me tâtant chaque matin « quand
se décidera-t-elle à être grosse, celle-là ? » Moi
toute seule dans la nuit opaque, habitée par ces
mots simples : « partir... courir maintenant...
devant... devant moi ! » Les mots, comme des
arêtes, vous nouent quelquefois la gorge, vous
déchiquètent la poitrine... Les mots déchirent,
c'est vrai, les mots déchirent...

Courir, je cours la nuit. Noir. Longer la route,
se dépêcher, plus vite, encore plus vite, plus vite
que l'antilope de mon désert perdu !

A l'aube, une petite ville. Dans un marché, des
vieux devisant dans un coin, le thé fumant et son
odeur de menthe... « Si j'avais eu seulement un
burnous, paraître un garçon !... Flâner dans les
rues, être les autres... Des gens. de vrais gens »...
Un murmure de femme, ses yeux seuls dans le
visage masqué : « Que fais-tu là, ma fille ? » Une
heure après, un havre, non, un lieu de travail :
deux ans à tisser des tapis le jour, le soir à servir
une matrone... Pour finir, la rue encore : la fuite
pas à pied cette fois, pas la nuit, un autre homme
à qui on me livre, au bout, la capitale. Je suis en
maison, j'ai une carte. J'ai des clients. Cinq ans,
dix ans, les années coulent... Fêtes de
l'Indépendance : maisons ouvertes, rues en joie,
je sors, je me crois libre. Mon visage dans une
vitrine : « vieille, je suis vieille... et j'ai faim ! »

Un ou deux ans auparavant, dans la Casbah en émeute, un paysan arrive. On le cache. Il parle. Il est de mon douar, il connaît la tribu telle, la fraction telle... Un froid dans mon cœur :

– Tu connais Amar, le légionnaire ? Il avait une grande ferme... il y a de cela longtemps... Il a dû prendre sa retraite depuis... J'ai travaillé chez eux (et je mentis)... comme servante !

– Il a été un des premiers collaborateurs tués, dès le début de la guerre... On l'a trouvé égorgé dans un fossé... Sa ferme vendue, les siens sont devenus des errants...

– Merci, frère, dis-je et je lui refusai le lit, une autre entra par amitié, à ma place dans la chambre... Ensuite la patronne du hamman. La chaleur de la chambre chaude, l'étuve, les bidons... Un bidon, un client... Pourquoi compter ? De nouveau l'antienne, hors du bordel, hors du hammam... Hier dans la rue, l'on chantait l'espoir, moi, m'envahit seulement la plainte :

« Je suis – qui suis-je ? – je suis l'exclue... »

Devant le corps étendu de Fatma, la chirurgienne se concentre en pleine action ; Anne figée dans la salle d'attente. Au même moment, Sarah se dresse devant le lit de Leila qui délire. La chanteuse juive du microsillon s'est arrêtée dans sa complainte des années 30...

Pour un diwan des porteuses de feu.

— Ils l'ont proclamé partout que j'avais été torturée...
L'électricité, tu sais toi aussi ce que c'est !...

Leila continua, et Sarah, les doigts serrant le rebord
métallique du lit, Sarah en même temps se souvenait :

— Où êtes-vous les porteuses de bombes ? Elles
forment cortège, des grenades dans les paumes qui
s'épanouissent en flammes, les faces illuminées de lueurs
vertes... Où êtes-vous, les porteuses de feu, vous mes
sœurs qui aurez dû libérer la ville... Les fils barbelés ne
barrent plus les ruelles, mais ils ornent les fenêtres les
balcons, toutes les issues vers l'espace...

On photographiait dans les rues vos corps dévêtus,
vos bras vengeurs, devant les chars... On souffrait pour
vos jambes écartelées par les soldats violeurs. Les poètes
consacrés vous évoquaient ainsi dans des diwans
lyriques. Vos yeux révulsés... quoi... Vos corps utilisés en
morceaux, en tout petits morceaux...

Les dames patronnesses se sont remises à leurs
collections de bijoux... Les turcs et les berbères. Colliers
et pendentifs pour vos têtes coupées... ceintures de
chasteté, argent et corail enchâssé pour celles qui, dans
les prisons, ont été isolées... On devrait faire des gros
plans à chaque journée triomphante de la femme : voilà
des doigts ordinairement teintés de henné,
habituellement mains actives des mères préservées
(visage en feu pour faire le pain et pour se brûler), les
mêmes doigts sans henné mais avec des ongles faits, qui
portent des bombes comme des oranges. Explosent tous
les corps qu'on a crus « ceux des autres »... Se
déchiquètent les chairs ennemies. Et celles qui ensuite
sont restées soi-disant vivantes à travers prisons de fer,
puis barreaux de la mémoire, puis... (elle pleure) puis
comme moi à travers les transes de la fièvre (car, Sarah,
j'ai de la fièvre, tu sais, j'aurai toujours de la fièvre), sont-
elles restées vraiment vivantes ? Les bombes explosent
encore... mais sur vingt ans : contre nos yeux, car nous

ne voyons plus dehors, nous voyons seulement les regards obscènes, elles explosent mais contre nos ventres et je suis – elle hurla – je suis tous les ventres ensemble de la femme stérile !

Sarah pleurait, une douleur enserrant sa poitrine.

– Ma chérie, ma petite chérie – sa voix enfin perçait, elle s'entendait dans son arabe à l'accent de sa région – ma chérie, tais-toi, ne parle plus !... Les mots, qu'est-ce que les mots ?

– Au contraire ! – Leila utilisait un français agressif – Il me faut parler, Sarah ! Ils ont honte de moi ! Je me suis desséchée, je suis mon ombre d'autrefois... Peut-être parce que j'ai trop déclamé dans les tribunaux d'hier, je suis trop souvent entrée en transes publiques et quand les frères applaudissaient, je croyais... (elle rit). Y a-t-il jamais eu des frères, Sarah... dis ?... Toi... On t'appelait déjà la silencieuse... On n'a jamais su les détails bien répertoriés de tes tortures à toi ! On t'a soignée ensuite comme moi, on a cru ne te laisser que quelque cicatrices, on n'a jamais su...

« J'ai toujours eu des problèmes avec les mots ! » songeait Sarah qui se dévêtait de son corsage, la face encore en larmes. Elle dévoila la cicatrice bleue au-dessus d'un sein, qui se prolongeait à l'abdomen.

Elle s'approcha du lit, étreignit Leila. Elle lui tâtait le front, les arcades sourcilières, elle aurait voulu se mettre à lui lécher la face et pleurer ainsi sur elle, écraser de violences chaleureuses ce corps décharné, aux épaules courbées, ces bras si maigres, ces poignets d'enfant, cette tête toute en angles, presque de morte... Sarah ressentit un élan purement sensuel... Elle chercha en sourde-muette des mots d'amour, mots informels, en quelle langue trouver les mots, comme des grottes ou des tourbillons de tendresse. Mais elle ne bougeait pas et tout s'exaspéra en elle quand elle referma lentement son corsage.

Leila délirait encore lorsque le peintre entra dans la chambre. Il s'approcha de Sarah :

– Inutile de te bouleverser ! C'est une crise. J'ai l'habitude des drogués. Je suis passé par là...

Et comme Sarah allait partir.

– Occupe-toi plutôt du fils d'Ali ! Toi seule peux le faire revenir !

Sarah le regarda avec désarroi. Reprendre la voiture vite.

– Qu'en sais-tu ? s'exclama-t-elle dehors avec vivacité et elle s'étonna elle-même de se sentir soudain trembler. T'es-tu seulement demandé pourquoi vraiment, il est parti ? Imagine après tout que le gamin nous ait vus nous battre un soir, moi et son père ! Sais-tu, toi qui te terres tout seul ici, sais-tu seulement comment les couples passent leurs nuits, dans cette ville ?

Et elle démarra. Le peintre demeura dressé devant son portail, longtemps après que la voiture eut disparu.

« Peut-être faudrait-il aller chez la vieille tante », se dit Sarah qui mit du temps pour retrouver son calme. A la Casbah, là où, les dernières nuits, Nazim s'était réfugié. L'attendre et pour cela, dormir chaque nuit sur la terrasse : dans un patio au-dessous. comme dans un puits, des jeunes filles s'affairent en abeilles, sous l'œil inquisiteur du plus jeune frère. « Un prince charmant, rêvent à haute voix ces voisines, ne pourra jamais se présenter par la porte, peut-être en sautant en parachute au beau milieu du patio ! » et elles s'esclaffent, avec des rires suraigus...

Nazim – Sarah conduisait dans les faubourgs surpeuplés –, Nazim finirait par revenir, le regard enfin paisible. Sinon, si personne ne venait, où seraient les enfants nouveaux de la ville ?

Elle arrêta la voiture à l'entrée de l'hôpital. Peu après, Anne lui apprit que la main de Fatma guérirait. Dans un vestibule où les infirmières faisaient une pause en plein brouhaha, la chirurgienne qui venait d'ôter son masque blanc et sa blouse leur sourit d'un air las.

IV

— Je ne vois pour nous aucune autre issue que par cette rencontre : une femme qui parle devant une autre qui regarde, celle qui parle raconte-t-elle l'autre aux yeux dévorants, à la mémoire noire ou décrit-elle sa propre nuit, avec des mots torches et des bougies dont la cire fond trop vite ? Celle qui regarde. est-ce à force d'écouter, d'écouter et de se rappeler qu'elle finit par se voir elle-même, avec son propre regard, sans voile enfin...

Sarah parcourut dans le silence retombé la chambre obscure. Elle fumait nerveusement, elle se sentait sortir d'une tension accumulée tous ces jours où rien ne s'était pourtant passé, du moins pour elle.

— Comment se fera le passage pour les femmes arabes ? Tête baissée, elle s'approcha d'Anne, près de la lampe, puis elle releva vers elle ses yeux élargis — N'est-ce pas trop tôt chuchota-t-elle — pour parler au pluriel ?

Elle reprit sa marche saccadée.

— Autrefois, commença Anne, qui pour la première fois, interrogeait son amie — comment s'est déroulé pour toi le temps de prison ?

Sarah lui fit face, ne s'assit qu'un moment après, le regard perdu.

— Le jour le plus difficile, murmura-t-elle, le plus long jour durant ces années d'enfermement... On vint m'apprendre au parloir que ma mère était morte, morte brusquement ! Je n'ai pas pleuré. Je n'ai pas pu ! Je n'oublierai pas ce qui m'a ensuite déchirée... Peut-être parce que j'ai appris cette mort dans ce lieu ?

Elle s'arrêta ; Anne attendait, n'osant bouger. Sarah, assise à nouveau, les jambes pliées, le visage posé sur ses genoux, se recroquevillait de plus en plus :

— Je crois que j'ai dû penser : je ne sortirai plus de cette prison-là ! Depuis ce jour (je suis restée à Barberousse encore une année), c'était comme si mon

corps, à chaque mouvement, heurtait les murs. Je hurlais
silencieusement... Les autres ne percevaient que mon
silence. Leila l'a redit encore hier : j'étais une prisonnière
muette. Un peu comme certaines femmes d'Alger
aujourd'hui, que tu vois circuler dehors sans le voile
ancestral, et qui pourtant, par crainte des situations
nouvelles non prévues, s'entortillent dans d'autres voiles.
invisibles ceux-là, bien perceptibles pourtant... Moi de
même : des années après Barberousse, je portais encore
en moi ma propre prison !

— Sarah, gémit Anne avec douceur. Souviens-toi :
enfants toutes deux, nous étions libres, nous jouions
dans ce jardin !

— Ma mère, murmura Sarah.

Elle pleura soudain ; les larmes coulaient en flots
abondants, réguliers, sans modifier les traits de son
visage. Anne ne manifesta rien de sa compassion. Sarah
s'essuyait le bas des joues, de ses mains crispées qu'elle
frottait ensuite contre le tissu de sa jupe.

— Je pourrais l'imaginer assise des siècles, les yeux
dans le vide, inconsolable !... Je pourrais parler des jours
et des jours de ma mère ! reprit-elle avec un hoquet dur.

Tard dans la nuit, enfin, elle se délivra... Et Anne se
mit à penser : dans cette ville étrange, ivre de soleil mais
des prisons cernant haut chaque rue, chaque femme vit-
elle pour son propre compte, ou d'abord pour la chaîne
des femmes autrefois enfermées, génération après
génération, tandis que se déversait la même lumière, un
bleu immuable, rarement terni ?

— Ma mère morte... Sa vie où rien ne s'est passé. Un
seul drame pour elle : elle m'a eue, puis plus rien, pas
un fils, pas un autre enfant ! Elle a dû vivre alors dans la
peur d'être répudiée, je suppose ! Cela, je ne l'ai pensé
qu'ensuite, après sa mort, tandis que mes compagnes de
cellule tentaient de me consoler... Ce fut comme si ma
mère, assise et immobile, s'était jointe à nous, dans la
prison ! Autrefois, chez nous, dans la grande maison

basse de banlieue, elle se taisait et travaillait tout le jour. Elle ne s'arrêtait pas. Elle lavait sa cuisine ; quand tout était fini, elle lessivait le carrelage, les murs, elle ouvrait les matelas, elle relavait les couvertures. Elle frottait, refrottait... Une obsession comme une autre, après tout ! Or quand j'ai appris sa mort dans cette prison, j'ai revu tous ses gestes (elle ne me parlait pas, presque jamais, elle m'embrassait quelquefois, quand elle me croyait endormie, convulsivement !). J'ai compris aussi pourquoi j'étais partie, à seize ans, de la maison, du lycée (et mon père qui se sentait si fier : une fille bachelière, comme s'il avait eu sept fils à la fois !). Mais... (sa voix eut un sursaut d'amertume) la guerre de libération chez nous en ce temps-là – elle rêva, hésita – nous nous sommes précipités sur la libération d'abord, nous n'avons eu que la guerre après !

Yeux de Sarah étirés de vague. Après un silence, elle reprit d'une voix pâlie, sans amertume, mais sans passion :

– Ma mère chaque soir, quand mon père rentrait, arrivait une bassine de cuivre pleine d'eau chaude dans les mains et elle lui lavait les pieds. Méticuleusement. Moi, assise sur une marche (sept, huit ans, devais-je avoir) je la contemplais. Je ne pensais rien ! Jamais, jamais, je ne me suis dit quoi que ce soit. A l'époque sans doute devais-je trouver la scène normale, peut-être assistais-je au même rite dans d'autres patios, avec jasmin et mosaïques défraîchies comme le nôtre... Je ne me suis jamais levée pour renverser la bassine, pour dire au couple calme et serein : « Allez au diable, vous deux ! » Je savais pourtant que moi je ne laverais jamais rien comme cela. D'une certaine façon, on aurait pu dire que le folklore de la bassine de cuivre avait tué le reste... Pourtant, des années après, c'est dans cette cellule de Barberousse qu'une telle scène familiale m'assaillit et ne me laissa pas en repos ! Ainsi, ma mère était morte : silencieuse, et à la suite d'un simple refroidissement. Je compris qu'elle n'aurait donc jamais sa revanche. Et je n'ai vraiment pas pu l'admettre !

Anne écoutait. Dans les pauses, elle n'intervenait pas, se gardait même de bouger. Etait-ce seulement quelques jours ou des années auparavant qu'elle-même, dans ce même studio, avait ainsi déroulé en mots hâtifs sa propre vie ?

– Je n'ai vraiment pas songé, reprit Sarah, « revanche sur mon père ». Mon père a passé pour les siens, je crois, pour un assez bon mari. A ma sortie de prison, quand m'accompagnant dans la rue entre deux cours d'université, il m'annonça d'un ton assez gêné son remariage, je me demandais moi-même : « Pourquoi est-il si contraint ? »... Mais ma mère et son ombre tassée, elle qui n'avait jamais déclaré haut ses peurs, ni ses joies, qui n'avait même pas gémi, comme tant d'autres que je connais, ni maudit, ni étouffé bruyamment, ma mère, comme si je n'arrivais pas à la libérer !... J'ai beau circuler dehors, conduire ma vie au jour le jour en improvisant et vraiment à ma guise, j'ai beau jouir, il faut bien dire le mot, de toute cette « liberté », or une seule question me taraude : cette liberté-là, est-elle vraiment à moi ? Ma mère est morte, sans même concevoir en idée cette vie zigzagante qui est mienne !... Anne, que faut-il faire ? S'enfermer à nouveau, se remettre à pleurer pour elle, revivre pour elle ?

Elle avait essuyé ses larmes, mais elle souffrait, son visage fin tendu dans une moue d'impuissance.

– Moi, c'est ma mère, ajouta-t-elle plus bas, en brève confidence. Pour d'autres, ce sont d'autres fantômes de la famille !

L'aube commençait à éclaircir déjà les stores du studio.

– Je ne vois pour les femmes arabes qu'un seul moyen de tout débloquer : parler, parler sans cesse d'hier et d'aujourd'hui, parler entre nous, dans tous les gynécées, les traditionnels et ceux des H.L.M. Parler

entre nous et regarder. Regarder dehors, regarder hors
des murs et des prisons !... La femme-regard et la
femme-voix, ajouta-t-elle assez obscurément, puis elle
ricana :

— Pas la voix des cantatrices qu'ils emprisonnent dans
leurs mélodies sucrées !... La voix qu'ils n'ont jamais
entendue, parce qu'il se passera bien des choses
inconnues et nouvelles avant qu'elle puisse chanter : la
voix des soupirs, des rancunes, des douleurs de toutes
celles qu'ils ont emmurées... La voix qui cherche dans
les tombeaux ouverts !

Sarah rêva à ces générations de femmes. Elle
s'imagina les avoir toutes connues, les avoir
accompagnées : sa seule et tremblante certitude.

— Oh mon Dieu ! ajouta-t-elle et elle pensa à Leila.
Leila qui remettait à nu les échardes. Quel nouveau, quel
offensif harem (elle cria) justement sans *haram* sans
interdit ! Au nom de qui ? Au nom de quoi ?...

Elle sut que c'était toujours ainsi sous tous les cieux :
les déclarations de guerre inévitable, quoi qu'en disent
les charités organisées, ne s'alimentent qu'à partir de
quelque fleuve souterrain d'amour désespéré et lucide...
Elle se contracta, ravagée de colère.

— C'est maintenant, conclut-elle plus tard, d'une voix
calmée, tandis qu'Anne préparait sa valise pour son
départ proche, c'est maintenant — reprit-elle — qu'Ismaël
hurlera vraiment dans son désert : les murs abattus par
nous continueront à le cerner seul !

Son espoir, ou son défi, peu importait qu'elle ne
sache pas s'il concernait les jours prochains, ou l'année
suivante, ou la génération qui n'est pas toujours celle
des « autres ».

L'avion que devait prendre Anne à l'aube, le
lendemain, eut plus d'une heure de retard.

Les deux femmes patientèrent parmi un groupe
d'ouvriers émigrés qui venaient de passer leur mois de

congé payé dans leur village de montagne. Deux ou
trois d'entre eux, au visage tanné mais plus serein,
étaient accompagnés de leurs femmes en longues robes
de paysannes, quelques-unes des bébés dans les bras et
le front tatoué avec minutie.

La plus belle – Anne l'apprit de Sarah qui échangea
avec elle quelques mots rudes – avait quitté son voile le
matin même. Jeune, le regard noirci de khôl mais toute
la face aiguisée d'espérance, elle garda un maintien raidi
d'attente jusqu'aux minutes de l'embarquement.

– Je ne pars pas ! s'écria Anne soudain. Elle fixa la
jeune voyageuse intensément, lui sourit (l'inconnue
transporterait ainsi ce signe de reconnaissance, comme
d'autres emportaient leurs couffins et leurs poteries,
jusqu'au bidonville, banlieue nord de Paris, qui les
attendait).

– Je ne pars plus ! répéta Anne, en rejoignant au plus
vite Sarah qui sortait de l'aéroport. Elles s'enlacèrent.

Dans la vieille guimbarde, sur la route menant vers la
cité plate d'abord, ouverte en courtisane apparemment
facile, avant les avenues en colonnes portant haut son
cœur resserré et blanc, l'une et l'autre femme
fredonnaient.

– Un jour, nous prendrons ensemble le bateau ! dit la
première. Non pour partir, non, pour contempler la ville
quand s'ouvriront toutes les portes... Quel tableau alors !
Jusqu'à la lumière qui en tremblera !

Et l'autre ajouta qu'elles ressusciteraient enfin la joie
orgueilleuse des corsaires d'autrefois, les seuls de cette
ville qu'on avait appelé « rois », sans doute aussi parce
qu'ils avaient été renégats.

Alger, juillet-octobre 1978.

LA FEMME QUI PLEURE

— Ils ont tous dit que j'avais eu tort !, dit-elle à mi-voix, puis elle haussa imperceptiblement le ton. — Ils m'ont tous dit : « Ton mari, ce n'est pas un mari français ! On ne dit pas tout à un mari !... Moi... » La mer, par les secousses de sa houle sourde éparpilla la voix.

— Moi... dormir avec quelqu'un chaque soir, c'était... (le débit devenait fiévreux) autant dire allonger contre lui mon squelette !... Il pouvait me voir jusqu'à l'os !

Un rire dur, un hoquet. Et elle songea à toutes ces années : « des gisants » se disait-elle au moment de ces couchers graves d'autrefois.

La brise marine : grise et verte. Une traînée bleue disparaissait vers l'ouest.

— Alors, il m'a tapé dessus... (regard vers l'horizon). Il m'a « cassé la gueule », littéralement !

Bris de voix ensuite... Elle aurait ajouté : « En ce temps-là, dans les rues d'Alger, je marchais, je marchais, comme si ma face allait tomber dans mes mains, comme si j'en ramassais les morceaux. comme si la douleur dégoulinait de mes traits, comme si... »

Et elle rêva : c'était une ville pour ces marches-là

justement, un espace qui bascule, des rues en demi-équilibre et complices quand vous saisit le désir de vous précipiter... L'azur partout.

Elle se dressa, le passé à ses pieds. Son maillot « deux pièces » faisait apparaître son corps plus blanc, particulièrement aux hanches et au ventre.

– Je pars !

Un instant, les bras au ciel, elle enfila une robe étroite de coton pâle sur son corps non mouillé. Du sac de toile rouge qui traînait à coté d'elle, elle sortit – pour cela, se plia lentement – une large pièce d'étoffe blanche avec des stries plus mates et soyeuses. Elle déploya le drap, comme s'il allait lui échapper, et l'on aurait pu imaginer sa course derrière le tissu immaculé, à travers la plage immense.

Elle s'enveloppa entièrement de l'étoffe qui résista puis qui, en se froissant, crissa imperceptiblement : l'homme, toujours silencieux, nota malgré le grondement diffus de la mer, ces bruissements (il avait avivé son ouïe, après toutes ces années en prison).

Maintenant la silhouette féminine formait un parallélépipède assez flottant ; elle restait face à lui, le cou et la tête totalement libres mais le vent s'engouffrant sous ses aisselles, elle devenait un étrange parachute, hésitant, entre la terre et l'espace. Elle lui sourit, pour la première fois, malgré tout ce blanc.

Du sac encore, elle sortit une sorte de mouchoir, à moitié couvert de dentelle blanche, qu'elle plia en triangle. Elle le posa sur l'arête du nez, le noua sur la nuque, rabattit le haut du drap soyeux sur ses cheveux coupés très courts. Au-dessus du masque de dentelle, ses yeux brun clair parurent plus allongés, sourirent encore.

– Au revoir !

Les mots, en suspens. La silhouette blanche, ployante, s'éloigna.

L'homme tourna la tête pour la suivre un moment,

puis il se remit à fixer la mer. Du gris et du vert : plus de trace de bleu en ce début de couchant sans soleil.

Le lendemain, le temps resta le même. La canicule, vers la fin de l'après-midi, s'affaissa : un fruit trop mûr qui se détacherait lentement. A des kilomètres de là, les villes bourdonnaient dans la poussière.

L'homme reprit la même place. On ne pouvait dire qu'il attendait. On attend quand on n'a pas tout son temps pour soi. Depuis qu'à cette demi-aube il avait fait le geste : deux barreaux en métal rouillé à ployer méticuleusement, depuis qu'en se glissant, longue et énorme chenille, à travers la lucarne étroite, il s'était ensanglanté le flanc, il avait vraiment tout son temps. L'eau salée avait cicatrisé sa blessure ; une ligne brunâtre traversait le côté droit de son dos.

Elle posa son regard sur ce trait irrégulier quand elle parla :

— Les autres, peu à peu, vous remplissent... en flux imperceptible. Moi, ils s'étaient mis à me remplir par les yeux !... Tous ces derniers mois, dans cette maison pleine de vieilles tantes et de cousines, je me suis dit : « Ecouter les autres, c'est tout ! Cela me suffit ! »

Elle réfléchit. Deux ou trois mouettes volaient assez bas. Un cri au loin, on doutait que ce fût un cri d'oiseau.

— Ecouter l'autre !... L'écouter simplement en le regardant ! (un arrêt, comme entre deux stances). Aimer l'autre — reprit-elle plus bas, un tout petit peu plus bas — l'aimer en le contemplant ; s'efface votre fièvre à vous, votre violence à vous, les cris que vous n'avez jamais poussés !... (les deux mouettes s'éloignèrent, la mer envahit le silence). Vous parvient la voix de l'autre, de celui qui souffre, ou qui a souffert... et qui se délivre et voilà que vous pleurez pour lui, pour elle, vous ne pouvez pleurer que pour lui, que pour elle !

Sa main, longtemps après, se mit à creuser le sable, à chercher quelque galet. Cette fois, le voile dont elle s'était enveloppée en arrivant, dont elle s'envelopperait en partant, dans une heure ou deux, gisait par terre, en peau morte.

— Par moments, je me dis : je ne sais pas où sont mes contours, comment est dessinée ma forme... A quoi servent les miroirs ?

A cet instant, s'inscrivit la première caresse. L'homme se remémorait cette durée, plus tard, quand de nouveau il se recroquevillerait dans son trou sombre : elle leva donc le bras, regarda d'un air attentif ses doigts en les écartant ensuite, en les détachant dans l'espace et elle prit un air enfantin, à cause même de cette concentration... Ce fut bien après qu'elle étendit la main vers la jambe de l'homme ; elle lui toucha le genou, vérifia l'articulation comme pour l'ausculter, ses doigts frôlèrent ensuite le mollet de haut en bas jusqu'au pied, puis remontèrent. Elle le caressait avec scrupule.

— Tes muscles sont durs, constata-t-elle, puis : Je ne sais pas l'âge que tu as... Ne me le dis pas, cela m'est égal !

Il avait posé à son tour sa main sur les doigts fins quand ils étaient remontés au genou, puis à la cuisse. Ils restèrent ainsi doigts accrochés et prirent le temps de se dévisager l'un l'autre. Il lui toucha ensuite le sein droit, sans le dénuder. Elle interrompit le début de son émoi.

— Je pars !

Se dressa. Crissement de tissu, malgré la mer. Le parallélépipède tout blanc tangue avec la même hésitation.

La femme disparut, l'homme resta assis jusqu'à ce que la nuit, claire cependant, enveloppât l'étendue marine en commençant par les coins, là-bas, de part et d'autre de l'horizon.

Le troisième jour, tandis qu'elle parlait mais en chuchotant (ces années de mariage bourgeois, cette rupture violente, la longue, la déchirante impulsion qu'elle mit des mois à maîtriser vers le second homme, l'adolescent pâle et fragile...) l'écoutait-il, rien n'était si sûr, la comprenait-il ? Alors seulement elle se dit qu'après tout, il pouvait parler une langue étrangère... Mais elle se confiait enfin, elle murmurait, elle s'écoulait, la mer continuait son antienne de gésine, les mouettes ne venaient plus, le cri d'oiseau avait disparu. Au loin, à des kilomètres, les villes dans la poussière étaient devenues des villes de rêve, disparues sans doute dans les chevauchées destructrices des siècles d'autrefois, elle parlait, elle s'ouvrait enfin, sa main sur le genou droit de l'homme.

Elle remarqua : « Tout à l'heure, quand tout sera enfin tiré, toute cette boue, ces détritus... tout à l'heure, je passerai ma bouche sèche sur cette cicatrice du dos, je prendrai mon temps, je dessinerai le tracé de la blessure avec ma langue... On m'a "cassé la face", on ne m'a pas défigurée, j'ai de nouveau une bouche, j'ai de nouveau des lèvres, une langue... tout à l'heure ! » — et le passé en mots comme des cailloux parvint enfin à son déroulement morne, petit à petit. Cet instant entre les deux êtres, concentré, vibra d'une musique assourdie (la mer grondait à peine au loin).

Précisément à ce moment, apparut derrière eux un premier soldat, en marron clair et armé.

Un coup de sifflet... La femme s'arrêta de chuchoter, ne se retourna pas.

Deux autres uniformes avec fusil rejoignirent le premier. Ils ne bougeaient pas, eux non plus.

Ce jour-là, l'atmosphère n'était pas comme auparavant embrumée sournoisement. Le cercle diffus d'un soleil, prêt à disparaître, rosissait tout l'horizon. Espoir enfin d'un bel été.

— On pourrait se lever et marcher, commença la femme. Elle allait ajouter : « tels des amoureux ».

Elle n'en eut pas le temps. L'énorme bête, un berger allemand, arrivait en cascades, vers eux, et il semblait caracoler de bonheur.

L'homme se leva, se tourna vers la femme. Il avança les deux mains ensemble, comme du temps où ses poignets étaient enchaînés. Ses doigts soulevèrent le voile blanc à terre, puis le lâchèrent... Il alla pour dire quelque chose : sur le voile, sur la femme qui attendait.

Il rejoignit la bête, qui frémissant de plaisir, se mit à tourner autour d'eux en cercles peut-être féroces, peut-être amoureux.

Quelque temps après, les silhouettes des militaires s'éloignèrent, entourant l'homme au torse nu. On n'apercevait plus le berger allemand : sans doute les devançait-il. A cet endroit, la colline ressemblait à une dune qui s'écroulerait.

Face à la mer, sans bouger, les mains plongées dans le voile blanc qu'elle froissait convulsivement, la femme pleurait, la femme pleurait.

20 juillet 1978, Alger.

HIER

IL N'Y A PAS D'EXIL

Ce matin-là, j'avais fini le ménage un peu plus tôt, vers neuf heures. Mère avait mis son voile, pris le couffin ; sur le seuil de la porte, elle avait répété comme tous les jours depuis trois ans :

– Il a fallu que nous soyons chassés de notre pays pour que je sois obligée d'aller faire le marché comme un homme.

– Nos hommes ont aujourd'hui autre chose à faire ! avais-je répondu comme tous les jours, depuis trois ans.

– Que Dieu nous préserve !

J'accompagnai Mère jusqu'aux escaliers, puis je la regardai descendre lourdement à cause de ses jambes :

– Que Dieu nous préserve ! repris-je pour moi-même, en rentrant.

Les cris commencèrent vers dix heures, une heure après environ. Ils venaient de l'appartement voisin et se transformèrent bientôt en hurlements. Toutes les trois, mes deux sœurs, Aïcha, Anissa et moi-même, la reconnûmes à la manière qu'avaient les femmes de l'accueillir : c'était la mort.

Aïcha, l'aînée, se précipita à la porte, l'ouvrit pour mieux entendre :

– Que le malheur soit loin de nous ! murmura-t-elle. La mort a rendu visite aux Smain.

A ce moment, Mère entra. Elle posa le couffin par terre, s'arrêta le visage bouleversé et se mit à frapper sa poitrine de ses mains, spasmodiquement. Elle poussait de petits cris étouffés comme lorsqu'elle allait se trouver mal.

Anissa, bien qu'elle fût la plus jeune d'entre nous, ne perdait jamais son sang-froid. Elle courut fermer la porte, enleva le voile de Mère, la prit par les épaules et la fit asseoir sur un matelas.

— Ne te mets donc pas dans cet état pour le malheur des autres ! dit-elle. N'oublie pas que tu as le cœur malade ! Que Dieu nous garde toujours à l'abri !

Tout en répétant la formule plusieurs fois, elle allait chercher de l'eau, et en aspergeait Mère, qui, maintenant, geignait, étendue de tout son long sur le matelas. Puis Anissa lui lava entièrement le visage, sortit de l'armoire une bouteille d'eau de Cologne, la déboucha et la lui mit sous les narines.

— Non ! disait Mère. Apporte-moi du citron.

Et elle se remettait à geindre.

Anissa continuait à s'affairer. Moi, je la regardais. J'ai toujours été lente à réagir. Je m'étais mise à écouter les pleurs du dehors qui n'avaient pas cessé, qui ne cesseraient sans doute pas, au moins jusqu'à la nuit. Il y avait cinq ou six femmes chez les Smain, et toutes se lamentaient en chœur, chacune s'installant pour toujours, semblait-il, dans cet éclatement confondu de leur douleur. Après, bien sûr, elles auraient à préparer le repas, à s'occuper des pauvres, à laver le mort... Il y a tant de choses à faire, le jour d'un enterrement.

Pour l'instant, les voix des pleureuses, toutes pareilles, sans qu'on puisse même en distinguer une par un accent plus déchiré, faisaient un seul chant long, hoquetant, et je sus qu'il recouvrirait la journée entière comme un brouillard d'hiver.

— Qui donc est mort chez eux ? demandai-je à Mère qui s'était presque calmée.

— Leur jeune fils, dit-elle, en humant fortement le citron. Une voiture l'a écrasé juste devant la porte. Je rentrais, quand mes yeux l'ont vu se tordre une dernière fois comme un ver. L'ambulance l'a emmené à l'hôpital, mais il était déjà mort.

Puis elle se remit à soupirer.

— Les pauvres gens ! disait-elle. Ils l'ont vu sortir tout bondissant de vie et voici qu'on va le leur ramener dans un drap ensanglanté !

Elle se souleva à demi, répéta : « Tout bondissant de vie ! » Puis elle retomba sur le matelas et ne prononça plus que les formules rituelles pour écarter le malheur. Mais la voix basse qu'elle prenait toujours pour s'adresser à Dieu avait un accent un peu dur, véhément.

— C'est un jour qui sent mauvais ! dis-je, toujours debout devant Mère, et immobile. Je l'avais deviné dès ce matin, mais je n'avais pas compris que c'était l'odeur de la mort.

— Ajoute : Que Dieu nous préserve ! dit Mère vivement. Puis elle leva les yeux sur moi. Dans la chambre, nous étions seules, Anissa et Aïcha étaient retournées aux cuisines.

— Qu'as-tu donc ? dit-elle. Tu sembles pâle. Aurais-tu mal au cœur, toi aussi ?

— Que Dieu nous préserve ! dis-je en quittant la chambre.

A midi, ce fut Omar qui rentra le premier. Les pleurs continuaient toujours. J'avais veillé au repas en écoutant le thrène et ses modulations. Je m'y habituais. Je pensais qu'Omar allait poser des questions. Mais non. On avait dû le renseigner dans la rue.

Il entraîna Aïcha dans une chambre. Je les entendis ensuite chuchoter. Ainsi, quand quelque événement important survenait, Omar en parlait à Aïcha d'abord, parce qu'elle était l'aînée, et la plus grave. Auparavant, dehors, Père avait fait de même avec Omar, car il était le seul fils.

Il y avait donc quelque chose de nouveau ; et cela n'avait rien à voir avec la mort qui avait rendu visite aux Smain. Je n'avais nulle curiosité. Aujourd'hui est le jour de la mort, tout le reste devient indifférent.

– N'est-ce pas ? dis-je à Anissa qui sursauta.

– Qu'y a-t-il donc ?

– Rien, dis-je sans m'étendre car je connaissais ses réponses toujours interloquées, lorsque je me mettais à penser haut. Ce matin encore...

Mais pourquoi soudain ce désir insolent de me fixer dans un miroir, d'affronter mon image longtemps ? et de dire, tout en laissant couler mes cheveux sur mes reins, pour qu'Anissa les contemple :

– Regarde. A vingt-cinq ans, après avoir été mariée, après avoir perdu successivement mes deux enfants, après avoir divorcé, après cet exil et après cette guerre, me voici en train de m'admirer et de me sourire, comme une jeune fille, comme toi...

– Comme moi ! disait Anissa ; et elle haussait les épaules.

Père rentra un peu tard, parce que c'était vendredi et qu'il allait faire la prière du *dhor* à la mosquée. Il demanda aussitôt la cause de ce deuil.

– La mort a visité les Smain, dis-je en accourant vers lui pour lui baiser la main. Elle leur a pris leur jeune fils.

– Les pauvres gens ! fit-il après un silence.

Je l'aidai à s'installer à sa place habituelle, sur le même matelas. Ensuite, en posant le repas devant lui et en veillant à ce que rien ne tarde, j'oubliai un peu les voisins. J'aimais servir Père ; c'était, je crois, le seul travail domestique qui me plaisait. Maintenant surtout. Depuis notre départ, Père avait beaucoup vieilli. Il pensait trop aux absents, bien qu'il n'en parlât jamais, à moins qu'une lettre n'arrivât d'Algérie et qu'il demandât à Omar de la lire.

Au milieu du repas, j'entendis Mère murmurer :

– Ils ne doivent guère avoir envie de manger aujourd'hui !

– Le corps est resté à l'hôpital, dit quelqu'un.

Père ne disait rien. Il parlait rarement au cours des repas.

— Je n'ai guère faim, dis-je en me levant, pour m'excuser.

Les pleurs, au-dehors semblaient plus étouffés, mais je distinguais quand même leur mélopée. Leur douce mélopée. C'est le moment, me dis-je, où la douleur devient accoutumance, et jouissance et nostalgie. C'est le moment où l'on pleure avec presque de la volupté, car ce présent de larmes est un présent sans fin. C'était le moment où le corps de mes enfants se refroidissait vite, si vite et où je le savais...

A la fin du repas, Aïcha vint dans la cuisine où je me trouvais seule. Elle alla auparavant fermer la fenêtre qui donnait sur les terrasses voisines, par où les pleurs me parvenaient. Moi, je les entendais toujours. Et, c'est étrange, c'était cela qui me rendait si calme aujourd'hui, un peu morne.

— Des femmes viennent cet après-midi pour te voir et te demander en mariage, commença-t-elle. Père dit que le prétendant est convenable à tous égards.

Sans répondre, je lui tournai le dos et me dirigeai vers la fenêtre.

— Qu'as-tu donc ? fit-elle un peu vivement.

— J'ai besoin d'air, dis-je en ouvrant toute grande la fenêtre, pour que le chant entre. Cela faisait déjà quelque temps que dans mon esprit la respiration de la mort était devenue « le chant ».

Aïcha resta un moment sans répondre.

— Lorsque Père sortira, tu veilleras à soigner un peu ta toilette, dit-elle enfin. Ces femmes savent bien que nous sommes des réfugiés parmi tant d'autres, et qu'elles ne vont pas te trouver parée comme une reine. Mais il faudrait quand même que tu sois à ton avantage.

— Elles se sont arrêtées de pleurer, constatai-je, ou peut-être sont-elles déjà fatiguées, dis-je en rêvant à cette fatigue étrange qui nous saisit au plus profond de la douleur.

— Occupe-toi donc des femmes qui vont venir ! répliqua Aïcha d'une voix un peu plus haute.

Père était parti, ainsi qu'Omar, lorsque Hafça arriva.
C'était une Algérienne comme nous, qu'on avait connue
là, une jeune fille de vingt ans et qui était instruite.
Institutrice, elle ne travaillait que depuis qu'elle et sa
mère s'étaient, elles aussi, exilées. « Une femme
honorable ne travaille pas hors de sa maison », disait sa
mère autrefois. Elle le disait encore, mais avec un soupir
d'impuissance. Il fallait bien vivre, et chez elles,
maintenant, il n'y avait pas d'homme.

Hafça trouva Mère et Anissa en train de préparer les
pâtisseries comme si celles-ci étaient nécessaires pour
des réfugiés comme nous. Mais le sens du protocole,
chez Mère, tenait de l'instinct ; un héritage de sa vie
passée qu'elle ne pourrait abandonner facilement.

— Ces femmes que vous attendez, demandai-je, qui
sont-elles ?

— Des réfugiées comme nous, s'écria Aïcha.
T'imagines-tu peut-être que nous te donnerons en
mariage à des étrangers ?

Puis avec énergie :

— Rappelle-toi, dit-elle, le jour du retour dans notre
patrie, nous rentrerons tous, tous, sans exception.

— Le jour du retour, s'exclama soudain Hafça dressée
au milieu de la pièce, les yeux élargis de rêves. Le jour
du retour dans notre pays ! répéta-t-elle. Que je voudrais
alors m'en revenir à pied, pour mieux fouler la terre
algérienne, pour mieux voir toutes nos femmes, les unes
après les autres, toutes les veuves, et tous les orphelins,
et tous les hommes enfin, épuisés, peut-être tristes, mais
libres – libres ! Et je prendrai un peu de terre dans mes
mains, oh ! une toute petite poignée de terre, et je leur
dirai : « Voyez, mes frères, voyez ces gouttes de sang
dans ces grains de terre, dans cette main, tant l'Algérie a
saigné de tout son corps, de tout son immense corps,
tant l'Algérie a payé de toute sa terre pour notre liberté
et pour ce retour. Mais son martyr parle maintenant en
termes de grâce. Voyez donc, mes frères... »

– Le jour du retour, reprit doucement Mère dans le silence qui suivit... si Dieu le veut !

C'est alors que les cris avaient repris par la fenêtre ouverte. Comme un orchestre qui entame brusquement un morceau. Puis Hafça, sur un autre ton :

– Je suis venue pour la leçon, rappela-t-elle.

Aïcha l'entraîna dans la pièce voisine.

Pendant leur conciliabule, je ne savais que faire. Les fenêtres de la cuisine et des deux autres chambres donnaient sur les terrasses. J'allais de l'une à l'autre, les ouvrais, les refermais, les rouvrais à nouveau. Tout cela sans me presser et comme si je n'écoutais pas le chant.

Anissa avait surpris mon manège.

– Cela se voit que ce ne sont pas des Algériens, dit-elle. Ils ne sont guère habitués au deuil.

– Chez nous, à la montagne, répondit Mère, les morts n'ont personne pour les pleurer avant qu'ils ne refroidissent.

– Les pleurs ne servent à rien, fit Anissa stoïque, qu'on meure dans son lit ou sur la terre nue pour sa patrie.

– Qu'en sais-tu ? lui dis-je soudain. Tu es trop jeune pour le savoir.

– Ils vont bientôt l'enterrer, chuchota Mère.

Puis elle leva la tête et me regarda. J'avais fermé à nouveau la fenêtre derrière moi. Je n'entendais plus rien.

– On va l'enterrer aujourd'hui même, répéta Mère un peu plus haut. C'est notre coutume.

– On ne devrait pas, dis-je. C'est une détestable coutume que de livrer ainsi à la terre un corps où s'allume encore la beauté ! Une bien détestable coutume... Il me semble qu'on l'enterre encore tout frissonnant, encore... (mais je ne fus plus maîtresse de ma voix).

– Ne pense plus à tes enfants ! dit Mère. La terre qu'on a jetée sur eux leur est une couverture d'or. Ma pauvre fille, ne pense plus à tes enfants ! répéta Mère.

– Je ne pense à rien, dis-je. Non vraiment, je ne veux penser à rien. A rien !

Il était déjà quatre heures de l'après-midi quand elles entrèrent. De la cuisine où je m'étais cachée, je les entendis après les habituelles formules de politesse, s'exclamer :

– Quels sont donc ces pleurs ?

– Que le malheur soit loin de nous ! Que Dieu nous préserve !

– J'ai la chair de poule, disait la troisième. J'avais oublié ces temps-ci la mort et les larmes. Je les avais oubliées bien que notre cœur fût toujours endolori.

– C'est la volonté de Dieu ! reprenait la seconde.

Mère expliquait la cause de ce deuil d'une voix placide, tout en les faisant entrer dans la seule pièce que nous avions pu meubler décemment. Anissa, près de moi, faisait déjà les premières remarques sur la physionomie des femmes. Elle interrogeait Aïcha qui les avait accueillies avec Mère. Moi, j'avais rouvert la fenêtre, et je les regardais échanger leurs impressions.

– A quoi rêves-tu donc ? disait Anissa toujours l'œil sur moi.

– A rien, dis-je mollement ; puis, après un arrêt : je pensais aux différents visages du destin. Je pensais à la volonté de Dieu. Derrière ce mur, il y a un mort et des femmes folles de douleur. Ici, chez nous, d'autres femmes parlent de mariage... Je pensais à cette différence.

– Arrête-toi de « penser » coupa vivement Aïcha. Puis à Hafça qui entrait : c'est à elle que tu devrais donner des cours, non à moi. Elle passe son temps à penser. A croire qu'elle a lu autant de livres que toi.

– Et pourquoi ne voudrais-tu pas ? demandait Hafça.

– Je n'ai pas besoin d'apprendre le français, répondis-je. A quoi cela pourrait-il me servir ? Père nous a toutes instruites dans notre langue. « Cela seul est nécessaire », a-t-il coutume de dire.

— Il est utile de connaître d'autres langues que la sienne, dit Hafça lentement. C'est comme de connaître d'autres gens, d'autres pays.

Je ne répondis pas. Peut-être avait-elle raison. Peut-être qu'il fallait apprendre et ne pas perdre son temps à laisser son esprit errer, comme moi, dans les couloirs déserts du passé. Peut-être qu'il fallait prendre des leçons et étudier le français, ou n'importe quoi d'autre. Mais moi, je n'éprouvais jamais le besoin de secouer mon corps ou mon esprit... Aïcha, elle, était différente. Comme un homme : dure et travailleuse. Elle avait trente ans. Elle n'avait pas vu depuis trois ans son mari, incarcéré toujours à Barberousse depuis les premiers jours de la guerre. Elle s'instruisait pourtant et ne se contentait pas du travail du ménage. Maintenant, après seulement quelques mois des leçons d'Hafça, Omar ne lui lisait plus les rares lettres de son mari qui pouvaient parvenir. Elle réussissait a les déchiffrer seule. Quelquefois je me prenais à l'envier.

— Hafça, dit-elle, c'est l'heure pour ma sœur d'aller saluer ces dames. Entre donc avec elle.

Mais Hafça ne voulait pas. Aïcha insistait et je les regardais dans leur menu jeu de politesse.

— Est-ce qu'on sait si on est venu chercher le corps ? demandai-je.

— Comment ? Tu n'as pas entendu les récitants tout à l'heure ? faisait Anissa.

— C'était donc pour cela que les pleurs avaient cessé un instant, dis-je. C'est étrange comment, dès qu'on récite quelque part des versets du Coran, aussitôt les femmes s'arrêtent de pleurer. Et pourtant, c'est le moment le plus pénible, je le sais. Tant que le corps est là, devant vous, il semble que l'enfant n'est pas tout à fait mort, qu'il ne peut être mort, n'est-ce pas ?... Puis arrive l'instant où les hommes se lèvent, et c'est pour le prendre dans un drap, sur leurs épaules. C'est ainsi qu'il part, vite, comme le jour où il est venu... Pour moi, que

Dieu me pardonne, ils ont beau alors réciter des versets du Coran, la maison reste vide, après leur départ, toute vide...

Hafça écoutait, en penchant la tête vers la fenêtre. Elle se retourna vers moi en frissonnant. Elle me parut alors plus jeune encore qu'Anissa.

— Mon Dieu, dit-elle d'une voix émue. Je viens d'avoir vingt ans et pourtant je n'ai jamais rencontré la mort. Jamais de ma vie entière !

— Tu n'as perdu aucun des tiens dans cette guerre ? demandait Anissa.

— Si, dit-elle. Mais les nouvelles arrivent toujours par lettre. Et la mort par lettre, voyez-vous, je ne peux y croire. J'ai un cousin germain qui a été guillotiné parmi les premiers à Barberousse. Eh bien, je ne l'ai jamais pleuré parce que je ne peux croire qu'il est mort. Il était pourtant comme mon frère, je le jure. Mais je ne peux croire qu'il est mort, comprenez-vous ? disait-elle avec une voix qu'enveloppaient déjà les larmes.

— Ceux qui sont morts pour la Cause ne sont pas vraiment morts ! répondait Anissa avec un sursaut de fierté.

— Pensons donc au présent ! Pensons à aujourd'hui, disait Aïcha d'une voix sèche. Le reste est dans la main de Dieu.

Elles étaient trois : une vieille qui devait être la mère du prétendant et qui, à mon arrivée, mit précipitamment ses lunettes ; deux autres femmes, assises côte à côte, et qui se ressemblaient. Hafça, qui était entrée derrière moi, s'assit à mes côtés. Je baissais les yeux.

Je connaissais mon rôle pour l'avoir déjà joué ; rester ainsi muette, paupières baissées et me laisser examiner avec patience jusqu'à la fin : c'était simple. Tout est simple, avant, pour une fille qu'on va marier.

Mère parlait. J'écoutais à peine. Je savais trop les thèmes qu'on allait développer : Mère parlait de notre triste condition de réfugiés ; ensuite, on échangerait les avis pour savoir quand sonnerait la fin : « ... encore un ramadhan à passer loin de son pays... peut-être était-ce le dernier... peut-être, si Dieu veut ! Il est vrai que l'on disait de même l'an dernier, et l'an d'avant... Ne nous plaignons pas trop... La victoire est de toute façon certaine, tous nos hommes le disent. Nous, nous savons que le jour du retour viendra... Il nous faut songer à ceux qui sont restés... Il nous faut penser au peuple qui souffre... Le peuple algérien est un peuple aimé de Dieu... Et nos combattants sont comme du fer... »

Puis on reviendrait au récit de la fuite, aux différents moyens que chacun avait empruntés pour quitter sa terre où le feu brûle... Puis on évoquerait la tristesse de l'exil, le cœur qui languit du pays... Et la peur de mourir loin de sa terre natale... Puis... mais que Dieu soit loué et qu'il soit exaucé !

Cette fois, cela dura un peu plus longtemps ;une heure peut-être ou plus. Jusqu'au moment où l'on apporta le café. J'écoutais alors à peine. Je songeais, moi aussi, mais à ma manière, à cet exil et à ces jours sombres.

Je pensais que tout avait changé, que le jour de mes premières fiançailles, nous étions dans ce long salon clair de notre maison, sur les collines d'Alger ; qu'il y avait alors prospérité pour nous, prospérité et paix ; que Père riait, et qu'il remerciait Dieu de sa demeure pleine... Et moi, je n'étais pas comme aujourd'hui, l'âme grise, morne et cette idée de la mort palpitant faiblement en moi depuis le matin... Oui, je songeais que tout avait changé et que, pourtant, d'une certaine façon, tout restait pareil. On se préoccupait encore de me marier. Et pourquoi donc ? me dis-je soudain. Et pourquoi donc ? répétais-je avec en moi, comme de la fureur, ou son écho. Pour avoir les soucis qui eux ne changent pas, en temps de paix comme en temps de guerre, pour me réveiller au milieu de la nuit et m'interroger sur ce qui dort au fond du cœur de l'homme qui partagerait ma couche... Pour enfanter et pour pleurer car la vie ne vient jamais seule pour une femme, la mort est toujours derrière elle, furtive, rapide, et elle sourit aux mères... Oui, pourquoi donc ? me dis-je.

Le café était servi maintenant. Mère faisait les invitations.

— Nous n'en boirons pas une gorgée, commençait la vieille, avant d'avoir obtenu votre parole pour votre fille.

— Oui, disait l'autre, mon frère nous a recommandé de ne pas revenir sans votre promesse de la lui donner comme épouse.

J'écoutais Mère éviter de répondre, se faire prier hypocritement et de nouveau les inviter à boire. Aïcha se joignait à elle. Les femmes répétaient leur prière... C'était dans l'ordre.

Le manège dura encore quelques minutes. Mère invoquait l'autorité du père :

— Moi, je vous la donnerais... Je vous sais des gens de bien... Mais il y a son père.

— Son père a déjà dit oui à mon frère, reprenait l'une des deux femmes qui se ressemblaient. La question n'a plus à être débattue qu'entre nous.

— Oui, disait la seconde, la parole est à nous maintenant. Réglons la question.

Je levai la tête ; c'est alors, je crois, que je rencontrai le regard de Hafça. Or, il y avait, au fond de ses yeux, une étrange lueur, celle de l'intérêt sans doute ou de l'ironie, je ne sais, mais on sentait Hafça étrangère, attentive et curieuse à la fois, mais étrangère. Je rencontrai ce regard.

— Je ne veux pas me marier, dis-je. Je ne veux pas me marier, répétais-je en criant à peine.

Il y eut beaucoup d'émoi dans la chambre : Mère qui se souleva en poussant un soupir, Aïcha que je vis rougir. Et les deux femmes, qui se retournèrent d'un même mouvement lent et choqué, vers moi :

— Et pourquoi donc ? disait l'une d'elles.

— Mon fils, s'exclama la vieille avec quelque hauteur, mon fils est un homme de science. Il va partir dans quelques jours en Orient.

— Certainement ! disait Mère avec une touchante précipitation. Nous savons qu'il est un savant. Nous le connaissons pour son cœur droit... certainement...

— Ce n'est pas pour ton fils, dis-je. Mais je ne veux pas me marier. Je vois l'avenir tout noir devant mes yeux. Je ne sais comment l'expliquer, cela vient sans doute de Dieu... Mais je vois l'avenir tout noir devant mes yeux ! répétais-je en sanglotant tandis qu'Aïcha me sortait en silence.

*

Après, mais pourquoi raconter la suite, sinon que je me consumais de honte, et que je ne comprenais pas. Hafça seule était restée près de moi, après le départ des femmes.

— Tu es fiancée, dit-elle d'une voix triste. Ta mère a dit qu'elle te donnait. Accepteras-tu ? — et elle me fixait avec des yeux suppliants.

— Qu'importe ! dis-je, et je pensais réellement en moi-même : qu'importe ! Je ne sais ce que j'ai eu tout à l'heure. Mais elles parlaient toutes du présent, et de ses changements, et de ses malheurs. Moi, je me disais : à quoi donc cela peut-il servir de souffrir ainsi loin de notre pays si je dois continuer, comme avant, comme à Alger, à rester assise et à jouer... Peut-être que lorsque la vie change, tout avec elle devrait changer, absolument tout. Je pensais à tout cela, dis-je, mais je ne sais même pas si c'est mal ou bien... Toi qui es intelligente et qui sais, peut-être comprendras-tu...

— Je comprends ! disait-elle avec une hésitation comme si elle allait commencer à parler et qu'elle préférait ensuite se taire.

— Ouvre la fenêtre, dis-je. Le soir va finir.

Elle alla l'ouvrir puis elle revint près de mon lit où j'étais restée étendue à pleurer, sans cause, de honte et de fatigue tout à la fois. Dans le silence qui suivit, je contemplais, lointaine, la nuit qui engloutissait peu à peu la pièce. Les bruits de la cuisine où se tenaient mes sœurs semblaient venir d'ailleurs.

Puis Hafça se mit à parler :

– Ton père, dit-elle, parlait une fois de l'exil, de notre exil actuel, et il disait, oh ! je m'en souviens bien, car personne ne parle comme ton père, il disait : « Il n'y a pas d'exil pour tout homme aimé de Dieu. Il n'y a pas d'exil pour qui est dans la voie de Dieu. Il n'y a que des épreuves. »

Elle continua encore, mais j'ai oublié la suite, sauf qu'elle répétait très souvent « nous », d'un accent passionné. Elle disait ce mot avec une particulière énergie, si bien que je me mis à me demander, vers la fin, si ce mot nous désignait nous deux seules, et non pas plutôt les autres femmes, toutes les femmes de notre pays.

A vrai dire, même si je l'avais su, qu'aurais-je pu répondre, Hafça était trop savante pour moi. Et c'est ce que j'aurais voulu lui dire quand elle se tut dans l'attente peut-être de mes paroles.

Mais ce fut une autre voix qui répondit, une voix de femme qui, par la fenêtre ouverte, montait claire comme une flèche vers le ciel, qui se développait, déployait son vol, un vol ample comme celui de l'oiseau après l'orage, puis qui retombait en cascades soudaines.

– Les autres femmes se sont tues, dis-je. Il ne reste plus que la mère pour pleurer... Ainsi est la vie, ajoutai-je après un moment. Il y a ceux qui oublient ou simplement qui dorment. Et ceux qui se heurtent toujours contre les murs du passé. Que Dieu les ait en sa pitié !

– Ce sont les véritables exilés, dit Hafça.

Tunis, mars 1959.

LES MORTS PARLENT

A Lla Fatma Sahraoui,
ma grand-mère maternelle,
en hommage posthume.

I

A l'enterrement de l'aïeule, les conversations vont bon train. Aïcha regarde. Absente. On la suppose absente. A cause de sa face pâlie, de cet œil plat qu'on juge insignifiant. Epaules tassées, corps déjà fané, flottant dans une tunique claire. La même depuis toutes ces années, sans couleur définie. Les visiteuses – foule tendue de curiosité, voiles blancs glissant sur les longues chevelures noires et se cassant à la nuque –, les visiteuses envahissent la demeure trop vaste. Assise, Aïcha regarde.

Aïcha, prénom de fleur ouverte, devenue brisure et flétrissure depuis un temps immémorial. Durant cette guerre, on n'a compté ni les jours, ni les mois. Et le temps d'avant-guerre semble un temps englouti, dont le souvenir lui-même s'efface.

Houle plus forte de ces dernières années, même si les vierges continuaient de s'épanouir (pauvres sourires et paupières souvent rougies, leurs joues, un éclat d'aube malgré elles, leurs corps de femmes aux rondeurs pleines...) Quant aux garçons, à l'approche de la puberté, ne griffaient-ils pas les cœurs maternels d'inquiétude

... « ravir, qui va les ravir, la montagne, ou
quelque commando de nuit, un mousquet qui
tirerait... »

La houle a tout plombé d'amertume, irrémédiablement pour certaines.

A l'enterrement de l'aïeule, les conversations vont bon
train.

Aïcha, accroupie à même le sol. A deux pas, la morte
étendue sous le drap immaculé. Blanc des laines et des
soies partout. quelques chevelures noires et luisantes
entrevues, des visages marbrés de rougeur. Une femme
renifle avec douceur. Chaleur du lieu à peine
bourdonnante. Repliée.

Aïcha regarde. Ses yeux presque sans cils, usés de
larmes nocturnes. Elle ne pleure pas. Elle se mouche de
temps en temps. Curiosité des voiles blancs s'affairant
autour d'elle. Morsure avivée, comme à chaque
cérémonie quand la maison doit s'ouvrir aux autres,
pour un deuil ou pour un hymen dans la tribu...

Aïcha relève la tête. La tribu ? C'était autrefois. Durant
cette guerre, l'aïeule se dressait chêne parmi la tempête.
Les cinq dernières années, elles circulaient toutes deux,
ombres muettes, dans ces lieux bourgeois. Au premier,
le long des terrasses vitrées, le fils d'Aïcha trottinait
derrière la vieille Hadda, la morte d'aujourd'hui. Puis il
venait se recroqueviller au creux des matelas, dans cette
chambre même. Deux femmes seules, un enfant. Le
silence.

        — Ces cinq années de silence, moi, je dis...
Plus bas, elle nous écoute !

        — Comme si elle ne savait pas, la pauvre, ces
cinq années d'attente ont tué la vieille.

        — Plus bas, te dis-je... Aïcha...

        — Et lui ?

        — Lui ?

— Quand est-il arrivé ?

— La voisine d'en face, celle qui épie à sa fenêtre...

— Eh bien ?

— Elle l'a vu entrer la première fois ! Yemma Hadda n'était pas morte...

— La bienheureuse !

Aïcha rêve. Les visiteuses papotent. Lieux successifs où sa mémoire s'ancre, où les mêmes citadines sont encore là, à ces cérémonies du temps. Images fixes, comme arrêtées derrière son regard qui ne bouge pas.

... lit d'une accouchée exsangue et aux muscles détendus au côté de laquelle geint le nouveau-né couvert de bénédictions – cadavre d'un fusillé de la veille qu'on a ramené ici, autour duquel se dressent les pleureuses soudain raidies, lèvres entrouvertes sur un cri qui ne se profère pas – même table basse du café ou du thé à la menthe, avec ces mêmes gâteaux de semoule...

Et ces mêmes femmes, présentes, psalmodiant, chuchotant, penchant la tête vers l'une, vers l'autre, arrangeant leur voile par petits gestes secs, faisant crisser ses plis sous leurs cuisses lourdes.

Mais partout, de toutes ces années qui chavirent bousculées de guerre, meurtries, surgissent, derrière les bouches bâillonnées, les cris étouffés, s'éteignant comme en un crépuscule ou un immense point d'orgue – que l'épouvante a suspendu, au-dessus du fond bruissant et légèrement agité de ces visiteuses... Aïcha, en secouant la tête, tente de dissiper la rumeur des lieux, de n'en retenir que des visions muettes.

Celle-là, là-bas, dans la pénombre du fond, face de lune sous un voile blanc. Ses deux belles-filles assises de part et d'autre, l'air modeste, le regard noir. Veuves également. La plus vieille a vu tomber dans la courette de sa propre maison, près du jasmin, sous les torches, son époux de cinquante ans et ses deux fils. L'époux. vigueur d'un lion tranquille. Les fils, hommes faits, appuis qu'elle croyait s'assurer pour sa vieillesse. L'hiver précédent, elle les avait mariés la même nuit, au milieu des chœurs...

> ... trois hommes abattus, la même nuit. Une horde en furie, conduite par le fils de l'entrepreneur maltais,
> Portail battant sur le couloir du patio,
> Bruits lourds des armes et de la cavalcade,
> Lumières brisées des lampes à pétrole,
> Horde sur la ville. Répandue...
> ... Chambre des femmes. Ombres sur les murs des bras nus dressés, qui se lacèrent. Cris longuement déchirés...

Celle-là, là-bas, au fond, face de lune, aujourd'hui presque sereine. Deux ans muette. Ne paraissant que dans des occasions de gravité forcée, autres deuils à partager, angoisses des autres familles. Deux ans. Aujourd'hui, la revoilà. Elle parle. Aïcha la regarde parler. Naturellement, elle ne sourit pas. Immuable soie de peine tendue sur ses traits, froissant les coins des paupières. Mais elle avance la nuque pour écouter. Mais elle répond par bribes.

Les deux belles-filles, à sa suite, se tâtent les joues rosies sous le voile. Serrent le tissu sur leur front moite, ou sous le menton. Adoucissent leur regard.

D'autres femmes autour. Aïcha les connaît. Celles qui entretiennent l'écoulement des jours et des sorts. Les diseuses. Sans nul besoin de médisance. Par simple souci de rendre compte.

Peut-être aussi d'amplifier ce qui arrive par des mots,

des inflexions, des soupirs effilochés et en faire des ballons d'espoir ou des gouffres d'alarme.

Toutes ces palpitations sourdes, dans la rumeur qui environne et l'impuissance des larmes suspendues. Celle aussi des formules qui se répètent. Mots usés pour trouver une issue.

> « ... obscure raison des murmures de femmes,
> qui – ô dieu le miséricordieux –, qui t'éclaircira ?... »

Aïcha s'absente du brouhaha. Mais son regard lentement circulaire saisit chaque visage. Perçoit de chaque groupe l'émoi bourdonnant.

> *Or moi, moi qui accompagne les morts quels qu'ils soient, couchés encore neufs ou déjà s'enfonçant dans les sables et les boues sous la pierre, moi le véritable suaire des cadavres les plus proprement lavés ou les puants sous pommades et parfums, moi qui suis, disons, l'âme interrogative s'échappant, ou cherchant, ou attendant, moi qui me prétends la chape paralysante, le masque dernier trop réel, parce que je dois rétablir neuve, et sans équivoque, l'incommunicabilité originaire, moi dans tous les lieux où par habituelles mœurs, s'agglutinent autour d'un corps froid de multiples témoins, déjà oublieux, déjà reniant mais soupesant leur commun oubli, moi, voix inaudible d'eux, je rétablis minutieusement les distances, je réévalue les rapports.*

Tableau soudain irréel pour Aïcha immobile. Quelques citadines secouent leurs éventails d'avant-guerre. Elles s'installent. Elles s'étalent.

Exactement au centre de la pièce, le cadavre. Le drap mortuaire frôle presque les genoux croisés d'Aïcha. Il dessine la forme de la tête, continue le corps en un léger cône au niveau de l'estomac (l'aïeule, haute et décharnée, souffrait toutefois d'aérophagie). Au bout, les pieds formant deux cornes.

Réduite à ce relief, Yemma Hadda.

> — Combien de fois, hélas...
> — Debout devant moi, la dernière fois... Je la vois, la malheureuse ! Je...
> — Ne tremble pas ! Epelle, épelle le nom de Dieu...

Combien de fois, à chaque veillée, Aïcha disposait un autre drap autour des flancs et des pieds... Pas ici ! Pas au centre... Aïcha, sans se relever, recule.

> « Supprimer les visiteuses, étouffer la vague des murmures, me dresser ! »

Se dresser, oh oui, malgré l'apparente incertitude. Les épaules nues, le corps vibrant. Enjamber ces corps accroupis. Ces corps soumis... Aller disposer le tissu de la même façon sur l'aïeule qui dort.

> — La dernière fois, mon fils m'a réveillée à l'aube : « Yemma s'est éteinte ! » Sa voix s'est brisée. Le pauvre, on aurait cru qu'il perdait sa propre grand-mère !...
> — Bénédiction sur lui...

Yemma dort, n'est-ce pas. Aïcha s'entête. Si elle étendait le bras, sa main tâtonnerait sur la face enveloppée. Le même dialogue alors, qui terminait les jours.

> — Dis-moi, questionnait Hadda. Le petit repose ?

Les traits froissés de fatigue, elle remerciait par des bénédictions.

– Il dort, Yemma !

– Ce garçon, il sera ton aurore ! Ne l'oublie pas, je te le dis !

– Dieu t'entende, Yemma Hadda !

Quotidien dialogue terminant les crépuscules.

Oui, s'extraire des papotages. Oublier les visiteuses. Quelques gestes : soulever ce drap, le redisposer comme hier.

> « Hier revient et je l'entends. Yemma Hadda s'inquiète encore pour le petit, le projette dans l'avenir. Elle me l'a promis comme une couverture du sort... Que Dieu l'entende ! O vous toutes, si vous saviez ! »

Aïcha assise. Yemma ne parlera plus. Le petit... Le garçon de Aïcha, « Aïcha-la-répudiée », elle imagine les commères de la ville qui hululent :

> « Un orphelin, pour ne pas dire un bâtard, ni connu, ni désiré de son père ! »

Aïcha, à peine mère, n'avait trouvé que cela, cette confiance virile de Hadda. Elle, une tante éloignée. Un matin d'hiver, Aïcha se tenant sur le seuil, une valise à la main, à son bras son enfant de cinq mois :

> – Toi seule demeures du visage et du sang de ma mère !...
> – Entre donc, ma fille, c'est bien moi qui t'ai appelée !

Cinq ans, depuis cette arrivée, pour Aïcha-la-répudiée.

Exactement au centre de la pièce, le cadavre. Ventre d'amphore accentué par le drap. Au fond de la pièce profonde, un second drap masque le miroir de l'armoire

en merisier. Quelques matelas enveloppés de gris.
Partout, corps de femmes amoncelés, comme des taches
d'hirondelles engluées. Par plaques bigarrées, un tapis
des Aurès réapparaît. Devant le seuil, à même les dalles
rouges, traînent en vrac des paires de mules noires. Car
les vieilles qui entrent se déchaussent. Se dévoilent le
visage. Gémissent ensuite, après avoir trouvé place,
entre deux croupes.

Une dernière arrivée se fraye difficilement chemin.
Quelques frissons de voiles, quelques salutations d'un
ton résigné la suivent. Elle progresse. Près de la masse
horizontale, elle se baisse. Aïcha, soudain, attentive.

Seconde de silence. Toutes les têtes inclinées. Les
regards concentrés. Le brouhaha dérive dans une lenteur
molle, telle une barque éphémère. Au centre, d'une
main baguée, la dame soulève le drap.

Face de Hadda entrevue : paupières enfoncées dans
chaque orbite, ligne longue du nez fort, teinte de cire
qui blanchit tout. Un instant.

> « Hurler, s'enfuir dans un déchirement des
> bras élargis, tout s'arracher – voile et peau du
> corps – dans cette épouvante, bouleverser
> l'apparente sérénité. »

Aïcha, immobile, regarde. Personne ne sait. Et que
savoir, l'enfant...

– Hassan... Il s'appelle Hassan – chuchote
l'une qui aide à conduire le petit jusqu'à sa mère.
– « Hassan », était-ce Yemma Hadda qui l'a
prénommé ?
– En réalité, son nom est Amine ; la vieille
l'appelait Hassan depuis son entrée dans sa
maison.
– Elle croyait son petit-fils mort alors ?
– Non... Cinq ans sans nouvelles, elle n'a
pourtant pas désespéré !

– Regarde !... Aïcha... Son fils à ses pieds, elle ne bouge pas !

L'enfant – « beau et fort » complimente une inconnue à l'air doux près de Aïcha qui ne sourit pas –, un garçonnet calme, trop calme. Des yeux attentifs, avec comme une lourdeur qui gêne, une sorte de rancune distraite. Le front bombé et têtu du père, cette « tête brûlée » qui a disparu de la ville, dont on dit maintenant qu'il est mort, en héros des montagnes ou en habit de traître, qui le saura...

L'enfant se tait. Rassuré. Surgi de son sommeil hébété, sans pleurer. Il ne pleure jamais. Jamais ! Le silence de la demeure de Hadda a pénétré son être, maison trop vaste, avec ses meubles syriens, sa cuisine moderne, ses aménagements du premier, espaces hantés par l'attente de l'héritier absent.

L'enfant...

– Amine ! appelle Aïcha.

Il lève les yeux.

– Tu n'as pas faim ?

Il ne répond pas. Observe le drap bombé.

– « Yemma dort, mon chéri, mon foie ! »

Amine se tourne vers sa mère silencieuse. Hier, un homme est entré dans ces même lieux. Hassan. Le nom qui habitait la demeure, tous ces temps.

Sans l'uniforme héroïque. Déception pour l'enfant. Quelqu'un de banal, à peine un peu plus grand que le vendeur de lait du matin, à peine moins raide que le métayer qui vient chaque vendredi... Il a pénétré dans la chambre. Ici même.

Dans un coin, sur ces deux matelas, Yemma. On l'avait redressée contre l'encoignure. Les oreilles aplaties de part et d'autre sur le large oreiller, un édredon de travers. La face cireuse proche du mur blanchi à la

chaux. Les yeux immenses mais sans regard. Le nez
formidable, avec une paralysie du visage.

L'homme a baissé les épaules en soulevant le rideau
de la porte. Quelques pas, puis il s'est arrêté. Aïcha a eu
un geste muet du bras en direction de l'aïeule. Elle a
chuchoté, quoi, l'enfant n'a pas compris. Elle l'a pris par
l'épaule, en le serrant des doigts d'une façon
spasmodique. Ensemble, ils sont sortis.

L'homme sans uniforme et Yemma. L'image s'est
fixée. Amine scrute le drap.

Comprend-il ? Aïcha qui s'interroge le plaque contre
son flanc.

    – C'est tout ce qui lui reste ! marmonne une
    voisine près du seuil, qui, de là-bas, a surpris le
    mouvement.
    – Le fils revenu sain et sauf des montagnes !...
    C'est pour elle un cousin, en somme un frère !
    – Aujourd'hui, la famille compte-t-elle ?
    – Alors le combat, pour quelle fin ? Pour le
    sang qui nous perpétue ?... N'as-tu pas entendu
    hier le discours sur la place ? « Nous sommes
    tous frères ! »
    – Justes, ma sœur, tu dis des paroles justes !...
    Fasse que les hommes l'entendent ainsi !
    – Moi, je dis – soupire une autre – heureux
    celui qui, depuis ces huit jours d'indépendance,
    a vu l'aurore de la victoire !
    – Hadda, Dieu l'a voulu, a ouvert une
    dernière fois les yeux sur ces journées !
    – La voisine qui guette de sa fenêtre... reprit
    la précédente.

« Qu'elles parlent, qu'elles chuchotent... » se dit Aïcha,
main posée sur l'épaule frêle du garçonnet.

« Qui me dira ce que sera demain ? »

Alors le refrain commença en elle, là, face à toutes les femmes de la ville, celles qui, depuis ces années au-dessous de la montagne brûlée dressée d'espoir, formaient le chœur chavirant ou frémissant, celles qui, tous voiles gonflés, trottinaient dans les ruelles tandis qu'on recherchait l'auteur de quel attentat, celles qui fermaient portes des couloirs obscurs et qui haletantes, l'oreille contre le bois, reconnaissaient le pas rythmé de la soldatesque.

Elles dont la destinée avait toujours été d'être les oreilles et les murmures de la ville, dont la vocation avait été de s'accroupir aux pieds à déchausser de l'époux rentrant le soir et qui, pour la plupart, n'avaient plus à déchausser que l'angoisse ; elles enfin dont l'avenir avait été de se reconnaître levain inconscient pour des adolescents soudain résolus (« Mon fils... mon foie battu... ma chair suppliciée ! »).

Toutes, assises aujourd'hui par paquets, croyaient par la même posture et dans les mêmes conciliabules, tenir compagnie dignement à la morte, l'évoquer en regrets, en nostalgie, bref l'enterrer. Comme si l'on enterrait les morts, comme s'ils ne continuaient pas à vivre quelque part... mais où ?

Alors le refrain commença en Aïcha. Une phrase inattendue. Dont les mots l'émurent violemment. Elle en ressentit de la crainte.

« Je n'ai ni loi ni maître... » débutait la petite phrase.

– Je n'ai ni loi ni maître, reprit-elle. Elle en détacha les mots. Attendit. Effroi et désarroi pour comprendre...

Elle mâchonna ensuite un début de prière :

– Dieu est le seul dieu, et Mohammed...

– Dieu est le seul dieu et Mohamed est son prophète !
intervint d'une voix profonde, une vieille aveugle qui se
dressa.

Du même âge que Hadda, la chanteuse de la ville. Sa
voix, rauque par instants, gardait un timbre cuivré
auquel les oreilles des petits et des grands s'étaient
depuis toujours sensibilisées. Jaillie comme une Pythie
arabe aux voiles multiples qui l'agrandissaient. Sitôt la
psalmodie entonnée, elle devenait comme la mère
obscure de tous,

> ... voix qui s'ancra à toutes les ruptures des
> cordons ombilicaux,
> qui résonna à tous les septièmes jours après
> les naissances,
> qui hulula aux quarantièmes des trépas, qui,
> au secret de chaque nuit de noces, introduisait
> la soudaine, l'étrange note de complainte
> barbouillée de sang virginal, l'effroi troublé
> avant le soulagement de résignation enfin
> tranquille...

Voix de toutes les mères muettes d'impuissance, qui
contemplent le malheur des descendances... Voici
l'aveugle de la ville, autrefois courtisane. Désormais sa
prêtresse dérisoire, contralto tendre qui rappelle quoi
pour les morts, qui...

– Hadda, ma blessure, de toutes les mères l'effigie !

– Dieu est le seul Dieu... reprirent en chœur plusieurs
vieilles de l'assemblée, le temps de permettre à l'aveugle
d'improviser encore :

– Hadda, yeux ouverts sur le sourire d'après-massacre !

La mélopée collective monta plus ample une seconde
fois. L'aveugle ainsi soutenue, leva théâtralement vers le
ciel, ses bras décharnés.

– ... et Mohamed est son prophète ! termina le chœur
où perça une voix juvénile.

– Hadda, dont le jeune faon à la source revient !

Toutes, autour de Aïcha, psalmodiaient maintenant. Celle-ci, lèvres serrées, entendit soudain la voix frêle de son enfant frôler quelques bribes : « ... est le seul Dieu ! »

La voix cuivrée, deux temps de respiration maintenue, s'élevait, prenant la note de départ de plus en plus haut. Toujours crispée, les yeux accrochés aux autres visages obscurcis, Aïcha se mit à attendre la suite. L'instant où parvenue à l'acmé, la voix de l'aveugle fuserait en un long cri déchirant. Et ce serait la rupture aigre de toutes les transes du chant accumulées. Déjà, quelques femmes d'expérience exprimaient, au cours de l'improvisation, divers avis sur l'aveugle, « en pleine forme » pour pleurer sa compagne d'âge.

Récitatif déroulé de la chanteuse. Elle seule à ne pas appeler la morte « Yemma ». Au cours du chant en arabesques lentes, le silence de plus en plus compact de Aïcha.

– Hadda, de ton sang le vainqueur, comme autrefois ton ascendant à la tête des cavaliers !

La litanie collective s'affaiblissait. Non pas que l'assistance se sentît fatiguée. Mais l'aveugle précipitait le rythme. Immobile. Les bras en arrière dans une pose de méditation lyrique. La coiffe sur les cheveux rouges à demi glissée, la face noiraude et les yeux crevés, la mâchoire puissante. Secouée soudain de tremblements nerveux.

Elle coupait le chœur alterné. N'en attendait plus le répons. Comme si l'inspiration lui était devenue cavale qu'avec peine elle chevauchait.

– Hadda,
note suraiguë qui devint râle transpercé...

« Le sanglot, est-ce déjà le sanglot ?... se dit plaintivement Aïcha.

Vaincue par l'émoi esthétique, elle se mit enfin à pleurer.

– Hadda – reprit la chanteuse, un peu plus bas –

ouvre-nous la voie royale de délivrance !... Hadda muette, parle-nous !

Et le cri fusa. Spasmodique. Long mais sans puissance. Comme un gargouillis que la mélopée de l'assistance, plus vigoureuse, noya tout à fait : invocations traditionnelles, nom du Prophète désordres des cœurs...

— Qu'a-t-elle dit pour finir ? demanda l'une des deux jeunes veuves qui entouraient la dame à face de lune.

Raide et muette, l'aveugle, dressée encore en oratrice, trembla manqua de vaciller. Puis elle s'assit aux pieds de la morte, les mains posées sur chaque cône du drap, statue funèbre, cheveux flamboyants tout à fait dénoués.

Ruisselant de larmes silencieuses, Aïcha se retourna vers celle qui avait interrogé. Ses bras serraient toujours son enfant immobile. Elle sourit, malgré son visage inondé, plus que jamais sans grâce mais aux traits adoucis.

— Elle a dit... (Son garçon dans ses bras, elle se souleva à demi). Elle a dit, reprit-elle, « ô Yemma, parle-moi ! »

— Que lui arrive-t-il ? s'exclama dans un coin une inconnue.

— Aïcha... enfin, elle pleure, la pauvre !

Compassion de mise.

— Bénie la peine...
— Plus malheureuse que la veuve, l'orpheline !
Ne dit-on pas : « Toi, l'orpheline de ma mère, tu geins et ne taris pas ! »

De sa place, son torse maigre arc-bouté, le poids de Amine sur son bras, Aïcha reprit le *lamento* en sourdine. Plainte puérile, désespérée.

Elle balançait la tête :

— Yemma Hadda qui nous as laissés, parle-nous, parle-moi !

— Dieu est le seul Dieu ! continuait, au fond de la pièce surchauffée, l'antienne consolatrice.

Les larmes sur le visage amaigri de Aïcha s'écoulaient.
Aïcha, prénom de fleur ouverte qui ne deviendra que
brisure, que flétrissure...

La petite phrase – la mère et l'enfant en
posture sacrale – se vrilla une seconde fois, en
pleine chute de la douleur. Aïcha crut à un
violent mal de tête...

Mais quoi, les mots, rien à voir avec ceux de
l'aveugle, indécents presque, en désaccord avec
les termes de prière qui revenaient tantôt ici,
tantôt là dans la pièce à nouveau bourdonnante
– deuil bruyant des matinées de juillet, chaleur
qui faisait les morts putrides.

Mots surprenants qu'Aïcha écouta en elle :
déjà, elle ne regardait plus les autres. Elle avait
cédé, elle avait fondu parmi leurs larmoiements
douceâtres, elle et l'orphelin à son bras.

Comment éviter la phrase durcie : « Je n'ai ni
loi ni maître ! »... Hadda, la vieille tante, avait-
elle été le maître ?... A peine une coque de
navire depuis longtemps en détresse.

« Seule toi, du visage de ma mère, du sang... »
Ainsi les premiers mots de la répudiée, accueillie
sur le seuil. Elle les avait prononcés machina-
lement, plus que par humilité.

« Je n'ai ni loi ni maître ! » Quelle loi ? Sinon
celle du malheur, plus tenace malgré ces
premiers jours de l'indépendance...

– Hassan, revenu hier ! chuchotait pour la troisième
fois la commère.

Elle trônait contre le flanc de la morte, juste en face
d'Aïcha. Pour lancer en chuintement ses mots par-dessus
son menton gras elle tournait la tête d'un léger angle
vers la gauche, vers la droite

Dehors, une rumeur emplit la courette.

– Les liseurs du Coran ! annonça une voix d'enfant, depuis le couloir. A l'intérieur, le bruit confus des voix s'affaiblit.

– La prière du vendredi pour Yemma Hadda, la bienheureuse ! s'exclama une femme presque gaiement. Bénédiction sur Yemma Hadda !

D'autres piailleries fusèrent par-ci par-là. Les plus jeunes se levaient. D'autres faisaient froufrouter leurs voiles. Plusieurs mouchoirs chiffonnés tombaient sur le tapis épais des Aurès.

Chacune se préoccupait de savoir quand les liseurs de Coran commenceraient, quand les hommes entreraient pour soulever le corps, quand...

– Vider, il faut vider la chambre !

– Excepté les vieilles. Elles n'ont qu'à recouvrir leur tête et leurs épaules !

Pendant cette attente convulsive et malgré cette dispersion nouvelle, pas un mouvement de la masse sous le drap. Ni frémissement, ni impatience de la forme allongée horizontale. La face étouffée par le linceul ne livre pas un seul des sursauts qu'on aurait pu attendre. Hadda, véritablement de pierre.

Bien lavée. De blanc vêtue sous le blanc. Linge neuf et cousu en nul point, comme le veut la tradition.

Hadda au nez formidable, au regard en dedans, attend.

Quatre hommes, dont Hassan. Il vient de traverser cinq années de combats, d'agitation mystérieuse pour parvenir à cet instant pieux. Découvrir le corps. Il hésitera d'abord en se courbant à demi. Soulèvera la tête de l'aïeule des deux mains. Regard sec pourtant sans émotion apparente.

– Amine !... appelle Aïcha, la dernière à bouger de sa place.

Les femmes jeunes se sont éclipsées dans les chambres voisines. Curiosité avivée de leurs regards voyeurs derrière les persiennes qui donnent sur la courette.

Aïcha s'emmitoufle dans une couverture. Elle recule de quelques pas. Se retrouve comprimée parmi les vieilles. Tout près, l'aveugle remet pudiquement sur sa tête fauve son foulard de soie verte.

> – « Quatre hommes ! Hassan seul portera la tête de l'aïeule pour lui, pour moi... »

La morte, seule, en plein centre déserté de la pièce. Œil inquisiteur de Aïcha. Amine se met à geindre par à-coups, plaintivement.

Les hommes entrèrent, silhouettes de justiciers. L'un des quatre en pantalon large à la turque ; le plus âgé à la face basanée, le fez autoritaire ; le dernier enfin, Hassan, épaules étroites, expression neutre du visage.

Aïcha caresse fébrilement la tête de Amine qui se tait, se raccroche à elle. Soudain :

– Je n'ai ni loi ni maître murmurent à mi-voix ses lèvres. Amine qui croit qu'elle lui parle, tourne vers elle son ovale fragile.

– Mais pourquoi ?... pourquoi ? Je me révolte ?...

Bouleversement pour ainsi dire verbal, qui ne s'éclaircit pas dans sa tête lourde.

Les quatre hommes sortent. Centre de la pièce vidé totalement, comme exsangue.

Aïcha se lève, soudain maîtresse des lieux et pourtant distraite. Les visiteuses vont pour partir, se rasseyent comme au spectacle.

> – Aïcha, distraite ? Non !...
> Elles se remémorent brusquement :
> – Répudiée !

... Quelque vierge futée sera venue en espionne. Conservant son voile même parmi les autres femmes, préservant ainsi son anonymat. L'œil unique scrutateur, trou en triangle hostile dans la face entièrement masquée. Se retournant de temps à autre, pour n'oublier aucun détail...

Lenteur et gravité de la voyeuse jeune, souvent méprisante... Monde cerné des femmes, qui entretient en son sein l'espionite, et se donner ainsi l'illusion du mystère...

– Il y a toujours une cousine pauvre !
– Il demeure toujours une répudiée dans le deuil !

Lieux communs, formules creuses qui glissent de l'une à l'autre des voisines. Elles présentent condoléances. Sortent.

« Je me révolte donc ? » Aïcha redresse son corps noyé dans la tunique. Elle confie son fils à la plus proche des matrones. Reçoit les termes de compassion comme il convient, mais elle s'appuie au chambranle... Se dirige ensuite vers les cuisines.

– Le repas...
– Y aura-t-il repas pour les hôtes ?
– Pour les hommes, certainement pas ! Vois, ils sont restés dehors...
– Hassan a dit... je l'ai entendu ! intervint l'une qui s'apprêtait à sortir.
– Quoi, qu'a-t-il dit ? interrogèrent plusieurs.
– « Inutile de servir un repas pour les gens de la ville. » Voilà ses mots. Mais il tient à ce que tout soit donné aux pauvres !
– J'ai vu tout à l'heure deux brebis égorgées.
– Le couscous de Yemma, comme il était réputé !... Elle le roulait elle-même ! On aurait

dit que les anges le préparaient avec ses doigts à elle... Couscous de noce, ou couscous pour les morts !

— Ainsi donc il a dit... Les hommes d'aujourd'hui !

— Pour les pauvres, protesta une autre, n'est-ce pas l'essentiel ?

Aïcha laissa derrière elle le spasme des propos... Encore quelques heures, peut-être même jusqu'au crépuscule, des groupes de femmes s'effilocheraient : celles qui n'avaient ni enfants ni époux à l'autorité sourcilleuse, vieilles et pâles veuves, ces dernières si nombreuses maintenant.

On leur distribuait des galettes ornées de grains d'anis, amoncelées en cônes majestueux dans des plateaux d'osier. Aïcha les avait préparées elle-même la nuit d'avant, aidée de deux jeunes filles de la maison mitoyenne. Trois heures seulement après le dernier soupir de Yemma. Heures de larmes continues, mais douces. Maison silencieuse ; Aïcha seule avec ces jeunes filles. La cadette, au moment crucial, avait hululé comme un chiot en émoi obscur, quand il hume sa première mort rencontrée.

Aïcha sort de la chambre de l'aïeule. Va appeler d'en bas Hassan. Mais sa gorge reste sèche, ses mains tremblantes.

« O fils de ma tante maternelle ! »

Naturel de l'appellation arabe. Il pourrait atténuer le désespoir du cri.

Aïcha allait ainsi commencer s'il n'y avait eu cette clameur de la jeune fille — Hasna, quatorze ans, corps en fleur, seins en grenade,

— Qui aurait pu la bâillonner, qui en prévoyant son effroi incoercible l'aurait admonestée : « prie, prie, Dieu et son Prophète! »...

Hasna a hurlé. Comme un vagissement prolongé, complaisant. Aïcha, au milieu du patio, hagarde, n'a pas eu besoin d'appeler.

Du premier étage, Hassan apparut, tête au regard grave par-dessus la balustrade. Aïcha eut un geste convulsif des bras.

– O Dieu !... sanglota-t-elle, le cou penché, puis elle rentra, d'un élan de frénésie grelottante, dans la chambre de la morte.

S'assit au pied du matelas, yeux dans le vague, larmes se déversant sur un visage resté pâle. Soudain inondée de douceâtre nostalgie, d'étrange passivité. Ainsi l'aperçut Hassan en écartant le rideau, avant même de poser le regard sur Hadda.

Il s'approcha. Regard exorbité de la grand-mère morte. D'une main sûre, baisser les paupières usées, voiler ce regard béant, comme aphone. Elégance brève du geste, douceur retardée après le contact des chairs.

moi qui, à la première seconde, enveloppe du costume de frisure la peau marbrée des cadavres neufs, moi qui emplis de rêve doucement éteint l'intérieur des corps froidis, tous orifices ouverts, moi qui installe inexorablement une distance de plus en plus océane entre la plus vibrante des peines témoins et l'absence plombée qui chavire, moi qui... moi ?

Disons la voix embrumée et à peine distordue, la petite voix qui tente désespérément de franchir les nouvelles ténèbres... Moi ?

Moi, le regard révulsé qui perçoit tous les appels, moi, la lumière qui s'éteint tandis que la voix assurée se suspend, dans l'impuissance d'être entendue ni par une oreille questionneuse, ni même par quelques yeux aux aguets...

Moi, invisible suaire de la vieille Hadda et qui m'infiltre dans tous les anciens émois tombés, dans

toutes les successives morsures de l'espoir sénile,
moi, à la place de Yemma soulagée, je prends acte,
témoin sans mémoire, de l'approche de Hassan, le
petit-fils prodigue, depuis cinq ans attendu.

Devant son cousin de quelques années plus jeune
qu'elle, Aïcha s'aperçut qu'elle pleurait. Méthodiquement,
sortant un mouchoir, elle sécha ses joues creuses, se
moucha, sans bruit, se leva. Sortit à reculons, comme si
la vieille la regardait toujours.

Une heure plus tard, la conversation s'établit entre
Hassan et Aïcha. Premières paroles depuis tant d'années ;
les jeunes voisines tout près derrière le rideau de la
porte d'à côté. Hassan donnait des ordres. Décidait pour
le lendemain, d'une voix lente. Un accent nouveau, dans
son parler, accent plus rude que celui de la ville, comme
s'il l'empruntait aux vagues de nomades dépenaillés. Un
accent évoquant la poursuite. Aïcha le trouva d'une
tendresse âcre.

Et à nouveau, après exactement dix ans,
l'ancien, le misérable trouble. Celui qui l'avait
peu à peu desséchée. L'avait rendue aigre, puis
haineuse, révoltée. Puis qui s'était éteint et
l'avait laissée vide. Ce qui l'avait poussée à se
marier. La dernière et la plus médiocre offre,
celle d'un prétendant qu'auparavant, avec
orgueil, elle aurait refusé.

« Vingt-huit ans et encore fille ! » Elle avait
accepté. Sachant, avant même les noces, qu'elle
deviendrait la répudiée. C'était fatal. Il y en avait
toujours une dans chaque famille. A plus forte
raison, dans la plus vénérable tribu de la cité
maritime – corsaires autrefois, petits artisans,
épiciers ou chômeurs désormais.

Noces d'amertume. Corps déjà défait de celle qui, vierge, avait été l'amoureuse – beau comme un prince, l'adolescent cousin quand il s'était réfugié chez eux, quand, de ses yeux étroits, il souriait à peine, secret, peut-être tendre... L'époux, lui, se butait. Forçait de plus en plus ardemment le corps livré.

— Vingt-huit ans et encore fille ! s'exclama le mari insolent, aux yeux de haine, en réalité d'impuissance.

Le huitième jour à peine de noces. Il ricana, puis cracha sur elle.

Aïcha étendue se relève, s'essuie le visage. Se rhabille avec des gestes précis. S'imagine, comme dans un rêve de l'aube, se réveiller d'une façon imminente...

Elle se refusa obstinément depuis ce jour. Dès lors, il ne se gêna plus ; dans sa propre maison, il faisait pénétrer les bouteilles de bière à l'odeur maudite. L'interdit d'ivresse lancé par les partisans le rendit par la suite, lui l'insolent aux cheveux frisottés, aussi fou d'impuissance que devant le corps fermé d'Aïcha.

Il la répudia deux mois après. Elle demeura chez sa belle-mère, une sexagénaire pitoyable qui se plaignait de ses malheurs. Qui l'aida à accoucher.

Enfin cet appel de Hadda ; elle avait envoyé une messagère : « Un ménage désuni n'est pas plus grave que la solitude loin de son propre sang. »

« Quoi ?... Tout cela... » se remémorait Aïcha devant Hassan qui, voix lente et accent nouveau, lui parlait. Toute cette malchanceuse histoire ainsi par petites décisions, par imperceptibles mouvements, par persistant refus se raccommodant et coulant, maigre ruisseau sous une latérite. Cette histoire avait une origine.

« Toi ! »

Elle pensa le mot ouvert, en véritable don.

— « Toi ! », le mot à nouveau comme un cri de solitude, dans une mémoire blanche.

... « Toi. »

... La première fois, Aïcha, vingt ans à peine. Sinon belle, du moins sereine et avec quelque grâce.

Aïcha debout, tremblante et durcie cependant, devant Hassan, seize ans seulement mais homme. Il avait été blessé au bras dans une manifestation. Il s'était réfugié chez eux (Aïcha vivait auprès d'une mère humble, rapetissée de pauvreté...). Il s'abritait de la police. Vécut là trois longs mois.

Aïcha, troublée par la beauté adolescente, l'espoir virevoltant mais immobilisé — le jeune homme allongé des heures, dans la chambre paysanne, yeux ouverts dans la pénombre. Aïcha répétant en se tordant les doigts :

— Toi.

Dix ans après, le mot revient, l'espoir ressuscité mais...

Cette nuit-là, Aïcha au pied de la morte, yeux dans le vague, larmes se déversant. Femme immergée de nostalgie...

— Comme tu veux, fils de ma tante maternelle !

Sa voix respectueuse (les convenances, et peut-être aussi le malheur). Elle s'adresse à lui qu'on accueille à présent dans la ville en chef des héros nouveaux.

— Deux moutons suffiront, je pense... Les mendiants ne viennent plus à la porte. Les maisons des humbles se connaissent ! Le soir, ce sera mieux...

— Demain soir donc... La levée du corps à midi, avant la prière du vendredi !

– Comme tu veux ! avait-elle répété et elle revécut le passé impossible...

> Cette saison-là, l'adolescent réfugié chez eux, les cerisiers s'étaient révélés abondants, la menthe plus veloutée que jamais, les soirs, ah ! les soirs...
>
> Hassan sortait. Une cape brune l'enveloppait, déguisant silhouette et dissimulant visage ; Aïcha attendait.
>
> A minuit, il entrait, conspirateur. Derrière la cloison, Aïcha percevait le grincement du vieux sommier, le heurt de la cruche qu'il soulevait pour étancher sa soif nocturne, qu'il reposait sur le rebord de la lucarne, entre les pots de basilic et le carré de géranium écarlate...
>
> « Toi ! »
>
> Le mot s'enflait de cette voix de jeunesse. Le sommeil conservait en ses profondeurs de tourbe l'appel têtu de la vierge...

« Toi ! » répète-t-elle dorénavant, à deux pas de l'aïeule morte. Elle, la répudiée désormais, la cousine pauvre, affadie... Ah ! de quoi pleurer des jours, et pas seulement au cours d'un enterrement.

– Comme sa voix est triste ! remarqua rêveusement, quand Hassan sortit, l'une des jeunes filles qui, derrière le rideau, écoutait.

– Crois-tu ? rétorqua Aïcha, soudain rétive. Elle surmonta le noir sarcasme : a Le voici héros des montagnes et toutes les filles neuves maintenant en attente... »

Elles préparèrent ensuite les galettes. La laveuse des morts et son aide arrivèrent. Les liseurs du Coran s'installèrent une heure plus tard dans la cour pour la veillée. Aïcha ne dormit pas. A l'aube, aménagement des lieux pour l'arrivée, par flots progressifs, des visiteuses.

A l'enterrement de l'aïeule, les conversations étaient allées bon train. L'une après l'autre, les bourgeoises partaient. Aïcha, aidée de la cuisinière spécialisée dans les repas de deuil, ne sortit plus de l'office.

Dans un coin qui servait de remise aux provisions, deux brebis rosâtres et scalpées étaient suspendues par les pieds.

Les tempes douloureuses, l'esprit vide, Aïcha releva ses manches sur ses bras étonnamment vigoureux. Elle aida la cuisinière dans sa minutieuse tâche de dépeçage des viandes. Des marmites et des chaudrons, monta peu à peu l'odeur picotante, qui colle aux entrailles, des épices grillant sur le feu – paprika tressautant dans la graisse de mouton, celui que Hadda, l'automne d'avant, avait elle-même fait sécher.

– Mma !

Réveillé d'un lourd sommeil de moiteur et de mauvais rêves, Amine apparut. Front humide et bras tendus vers sa mère qui, une hachette à la main, entamait sur la deuxième bête égorgée, son méthodique travail. Elle leva la tête, le teint rougi par l'effort et la chaleur. Tandis que montait de plus en plus des marmites une vapeur odorante, Aïcha sembla soudain jeune, attentive nourricière. Ce qui l'embellit fugitivement.

– Amine ! murmura-t-elle... Toi !

Le soir, de la demeure de la vieille Hadda qu'on avait enterrée, les plats de couscous et de viande épicée sortaient, transportés dans des couffins, par des grappes de garçonnets et de fillettes bientôt pubères, qui se voilaient la tête.

Ces groupes se dispersaient vers les maisons du quartier le plus pauvre, près du théâtre romain, juste avant les premières collines.

II

Midi bientôt. Soleil de juillet. Dans l'avenue qui traverse la ville jusqu'au voisinage du port, le lent cortège masculin défile. La rue frissonne encore aux jours précédents de la fête. Dans un tournant débouchant sur une esplanade, la mosquée attend rutilante, sous un débordement de drapeaux.

A l'entrée, des hommes d'âge mûr. Le visage imperturbable. Regard plus aiguisé, curiosité des autres plus avouable depuis cette semaine d'indépendance. Ce sont les fidèles de la prière du vendredi, mais ils viennent aussi pour Hadda, cette fois.

— La vieille, disent-ils. La plus auguste des dévotes à avoir fréquenté si longtemps ce service religieux. Tous connaissaient d'elle l'autorité virile, sa primauté d'avis dans l'opinion féminine et jusqu'à son silence morose durant ce temps de guerre.

Hassan revenu (« Il représentait quelle willaya, pour la réunion politique de ce soir ?... Ou ne se voulait-il qu'un simple combattant des montagnes ? »...), la vieille partait. Et elle était parmi les vieilles gens, la première à le faire, hors de l'enthousiasme qui avait gonflé la ville jusqu'au délire.

Carré de fidèles. Parmi eux, l'épicier du centre, le facteur en retraite, quelques fermiers retirés en ville, des employés de jurisprudence et d'administration « indigène ». Une vingtaine d'hommes aux moustaches grisonnantes, au crâne chauve couvert du fez ou d'une calotte gris-bleu. Ils attendaient en devisant.

Au loin, chenille descendante, le cortège apparut. Au-devant, les quatre porteurs ; la planche qui portait la morte semblait flotter.

— Combien de fois a-t-elle descendu elle-même cette rue ? se demande Saïd, le métayer.

Il soutenait la planche funéraire, juste derrière le petit-fils. Parmi les gens qui accompagnaient le cadavre, Saïd, manifestement le seul vrai montagnard. Face osseuse, moustaches larges et tombantes, même costume que les citadins, mais une coiffe différente – monticule arrondi, enroulé de gaze blanche, se terminant en pan léger au-dessus de la nuque.

Saïd qu'on oubliait, qu'on négligeait. Le seul homme pourtant à avoir parlé avec Hadda, durant ces années arides...

Il descendait de son hameau chaque vendredi soir. Laissait sa camionnette là où, dans le passé, il dessellait ses chevaux et abandonnait sa carriole. Il allait dormir au bain maure public, à son coin habituel depuis vingt ans. Dès cinq heures du matin, il était présent à l'ouverture du marché aux bestiaux. Les transactions terminées, diverses marchandises emballées, il allait au déjeuner que la vieille Hadda lui faisait servir dans une chambre du vestibule.

Elle apparaissait au café. Le remerciait pour les sacs et produits qu'il avait déposés la veille. Elle l'écoutait ensuite parler de la récolte, des nouvelles du hameau de montagnes – mariage, deuils, différents conflits... – puis... Ces dernières années, que raconter d'autre que les peurs transies, la hantise du massacre, quelquefois les bruits des combats proches... Des mois durant, le métayer n'avait pu venir, c'était au printemps de l'année dernière, lorsque le troupeau entier (vingt-cinq moutons, deux vaches maigres et un petit veau) avait brûlé dans la principale remise. L'armée française avait investi le bourg. Saïd, revenant en ville, avait à peine de quoi acheter du sucre, du savon et un ou deux rouleaux de tissu pour les femmes. La dernière année, à peine s'il avait vu quatre ou cinq fois la vieille Hadda.

Assez toutefois pour pressentir sa fin proche. Elle-même d'ailleurs :

– Au petit, tu diras...

– Au petit, le jour venu, que Dieu veuille, tu n'oublieras pas de montrer...

– Quant à la branche de nos cousins du champ voisin, tu rappelleras au petit que le procès est toujours en appel !...

Elle sous-entendait « après ma mort », avec un entêtement que n'entamaient pas les protestations pieuses de Saïd (– Yemma Hadda, tu seras là toi-même !... »). Elle continuait ses recommandations, y compris les procès multiples qu'elle instruisait pour des champs à délimiter, des biens en indivision avec la lignée des cousins et neveux composant la quasi-totalité du bourg où autrefois Hadda sans conteste trônait.

Sas manies procédurières, ses habitudes de plaideur, Saïd en était devenu le confident. Les dernières années, il n'osait même pas lui dire que ces procès lui coûteraient plus que la valeur des lopins disputés – quelques dizaines d'ares ici, là des oliviers, des pentes pierreuses ... une haie de cactus... une terre plus loin où ne poussaient que lentilles et pois chiches.

Saïd continuait, avec de louables efforts qu'elle ne soupçonna pas, à lui offrir provisions d'orge et de blé pour le couscous d'hiver, les agneaux à sacrifier pour les pauvres lors des fêtes religieuses, enfin à l'automne les boisseaux habituels de légumes secs, les poivrons déjà séchés, les guirlandes d'ail et d'oignons prêtes à être suspendues dans les réserves. Tout cela pas seulement pour la subsistance des deux femmes, mais pour les festivités ou les deuils, occasions pour les bonnes œuvres et les dons de prestige.

– Je fais sortir pour les voisins ! déclarait Hadda.

– Tenez ! disait la jeune bonne. Yemma vous envoie les prémices de sa récolte !

Des terrasses voisines, les femmes remerciaient. La richesse supposée de Yemma Hadda restait certaine.

Saïd considérait Yemma à la fois comme une mère – vénérable –, comme un employeur – quelquefois tatillon – et comme... ? Comme « un symbole – pensait-il – de la noblesse de la ville » par son savoir des choses religieuses, sa sagesse quant aux mœurs ancestrales et son âcreté vis-à-vis des biens temporels. Il pressentait combien la vieille tenait à cette apparence de prospérité, malgré malheurs et angoisses publics. Comme si cette vanité devait la soutenir dans son attente du petit-fils.

– Tu diras au petit...

– Oui, Yemma, j'écoute !

– Oui, Yemma, je promets !

Il promettait. Elle, sous ses voiles, son chapelet entre les doigts, à peine si elle se tassait – face néanmoins plus desséchée et plus longue, nez paraissant plus proéminent. Sa confiance intacte dans le retour du petit-fils comme si, dans les montagnes, tout brûlait, sauf l'héritier attendu. A peine se mettait-elle à craindre que sa propre mort puisse survenir avant ces retrouvailles avec Hassan.

La mosquée apparut. Le paquet de fidèles qui stationnait sur l'esplanade entra ; quelques-uns, dans la courette, se déchaussèrent et commencèrent leurs ablutions.

Dans la salle de prière, sous les piliers aux pieds emmitouflés de *diss* blond, le fond était déjà occupé par des dévots en prière... Saïd, avec le même mouvement des épaules et du torse que Hassan devant lui, se baissa lentement dans l'ombre des colonnes pour déposer la planche à terre. Le murmure de l'assistance autour de lui tangua avec une particulière douceur.

Il prit sa place au premier rang des fidèles accroupis. Avec un plaisir qui l'étonna lui-même, il retrouvait la voix pure, presque attristée, de l'imam qui conduisait la prière.

– Cela fait plus d'une année, songea Saïd en balbutiant un verset coranique – oh oui, plus d'une année que je n'ai prié ici... La fois précédente, c'était encore pour un enterrement : un jeune garçon, abattu par mégarde, un cousin de ma deuxième femme.

La piété de Saïd, ordinaire, n'avait nul besoin

d'excitant, ni même des pratiques quotidiennes. Par accès, il lui arrivait de prier quotidiennement dans une ferveur soudaine – en général, au mois du jeûne : alors ses activités se ralentissaient, il se sentait allégé et il se mettait à fréquenter le *cheikh* du village, un savant de l'Est installé au hameau pour instruire les garçons en rudiments de science coranique... Aux veillées de carême, le *taleb* rassemblait des villageois mûrs, de moralité éprouvée et se hasardait à l'exégèse des textes sacrés.

Saïd rompait définitivement avec les joueurs de cartes et de dominos. Cette fréquentation sage au village lui avait sans doute valu l'estime de Yemma. Certes, autrefois, il avait tenu tête à l'administrateur de la France. (Celui-ci avait prétendu faire la loi brutalement, sans même utiliser les valets traditionnels.)

Saïd avait dû s'éloigner. En ville, Yemma Hadda l'avait protégé. L'année suivante, l'administrateur ayant été déplacé, Saïd avait retrouvé ses montagnes avec une sérénité hautaine.

Il ramenait, il est vrai, de cet exil, une deuxième épouse dont la première, sans rien extérioriser de son amertume, avait dû s'accommoder...

Saïd était resté depuis lié aux intérêts de la vieille Hadda, veuve déjà à cette époque et qui, auparavant, lors des événements qui avaient ensanglanté le pays le 8 mai 1945, avait perdu son fils unique, abattu avec trois camarades dans la manifestation.

La prière collective, sous les colonnes, se termine. Un mouvement agite l'assistance. Lecture du Coran par le *hazab*. Saïd, les yeux posés sur la planche, reconnaît par bribes quelques citations du long récitatif.

A nouveau noyé dans le passé :

– Qui pense à toi, Yemma Hadda ? se dit-il, revoyant très précisément la dame.

Il pense le mot « dame ». De fait, il lui arrivait quelquefois le samedi, au moment du café, de l'appeler « Lalla » – ô ma dame ! En la quittant, il s'inclinait à peine. Prenant dans ses mains les mains séniles, il les baisait dévotement.

Hadda, assise droite, vêtue de blanc, le bénissait dans les mêmes termes, la voix distraite et calme. Saïd remontait au volant de sa camionnette chargée. Tout le long de la route neuve, construite par l'armée française, il se sentait sous le couvert des bénédictions de l'aïeule, même quand il devait stopper à un barrage militaire et qu'un officier faisait contrôler fûts et amphores.

Ah, le temps d'hier ! Temps perdu...

Ces trajets de retour... Au hameau, ses deux épouses l'attendaient, chacune dans une aile du vaste logis : la plus âgée, sa cousine qu'il avait épousée à moins de vingt ans, elle quinze ans à peine, maintenant quadragénaire mais encore rayonnante. Elle élevait les cinq enfants qu'elle lui avait donnés (un seul garçon malheureusement, le dernier).

La seconde épouse, une mulâtresse épousée en ville, demeurait dans une pièce construite pour elle au-delà du verger, avec une terrasse noyée de vignes et d'un maigre jasmin. Il l'aimait depuis sept ans comme au premier jour, elle dont on avait tenté de ternir la réputation, « danseuse » avait-on prétendu. En fait, une orpheline, employée comme servante en ville dans un café d'Italiens jusqu'à sa puberté. Saïd l'avait connue par hasard troublé par son corps parfait ; elle, si jeune adolescente, avait apprécié avec calme l'honorabilité que ce métayer, même sous ses allures paysannes, lui assurerait.

Saïd se souvenait du jour de la décision : le cœur en déroute, il était venu consulter Yemma. Des paroles de celles-ci dépendraient pour lui ces secondes noces.

– Une jeune fille honnête et de famille pauvre ! avait-il précisé en évoquant la mulâtresse.

Yemma Hadda, sans qu'il sût comment, semblait au courant. Elle ne dit rien d'abord. Elle le laissa boire son café. Elle dévidait son chapelet en méditant. Elle demanda brièvement quelle serait la réaction de la première épouse.

— Je lui ai parlé ! répondit Saïd après une hésitation. Il reprit plus bas : « Dieu a empli ma demeure de cinq enfants à faire grandir ! » a-t-elle seulement répondu.

— Qu'il lui garde ta face présente sur son seuil ! rétorqua Hadda qui se contenta de rappeler la règle coranique d'équité, en ce cas.

Saïd sortit rasséréné : certes, la vieille n'avait pas eu un mot pour la jeune intruse, mais quoi, elle ne l'avait pas condamnée.

Le samedi suivant, le métayer remonta au village, la mulâtresse à ses côtés, emmitouflée dans un voile tout raide de jeune mariée. Saïd avait eu depuis d'autres enfants, en plus des cinq premiers.

« Incidences ou pas à l'intérieur de mon logis, la vie continue !... » soupira Saïd en se levant, quelques secondes après ses compagnons.

Dans le retard qu'il manifesta, un inconnu près de lui le devança et se présenta à sa place pour soulever, avec les autres porteurs, la planche mortuaire.

A la sortie, Saïd se rangea au premier rang du défilé qui se reforma sur l'esplanade.

Un groupe d'accompagnateurs se dispersa à ce moment — treize heures déjà, soleil de plomb, rejoindre au plus tôt table familiale prête pour le repas, puis le matelas pour la sieste moite.

Saïd se retrouva en tête d'une procession un peu plus maigre qui se mit en branle pour remonter une ruelle plus animée. On aboutirait alors au cimetière.

Saïd sortit un mouchoir aux dimensions imposantes. S'essuya le front puis le rebord de sa coiffe encombrante. Passa sa main sous le tissu qui voilait sa nuque. Il se mit en marche comme les autres ; à ses côtés un vieillard marmonnait à voix grelottante un soliloque incompréhensible.

Maintenant qu'il ne contribuait plus à soutenir la charge funèbre, il voyait la lente avancée du cadavre enveloppé juste au niveau de ses yeux, la planche légèrement inclinée parce que la ruelle gravissait quelques contreforts de collines. Il ressentit alors davantage la présence de la vieille.

Elle lui en avait toujours imposé. Une sorte de dame sombre : un regard qui intimidait : jamais elle ne souriait. Elle fixait les gens d'un seul coup, regard qui transperçait, puis qui se désintéressait.

Sa voix, quand elle conversait, s'adressait à vous, anonyme... Habillée de blanc, la plupart du temps...

Saïd encore enfant, allait l'accueillir avec toute la marmaille du village... Yemma Hadda arrivait alors à cheval, imposant le respect à ces montagnards qui la savaient de leur race.

Les jours suivants, elle recevait la parentèle : cousins et parents alliés, y compris ceux qui se battaient contre elle en justice.

Une sorte d'épervier des montagnes, lui paraissait-elle à cause de son nez osseux et proéminent, de ses yeux soulignés au khôl. légèrement écartés, yeux d'oiseau en effet.

Quand l'auguste cavalière arrivait de la ville, une fois au printemps, et à des fêtes religieuses importantes, chacun s'inclinait, lui baisait les mains. Ne représentait-elle pas, par ses deux maris successifs, toute l'autorité, ruinée il est vrai (séquestres, puis multiples divisions), d'une famille autrefois féodale, aujourd'hui toujours orgueilleuse, enserrant dans cet orgueil toutes les ouailles face à l'administration étrangère.

« Deux maris... » se remémore Saïd. Il se répète là ce qu'il a toujours su, étant trop jeune pour se souvenir lui-même des époux.

Deux cousins germains : du premier, elle connut un veuvage rapide parce qu'il avait été assassiné.

> Il avait accueilli en hôte un inconnu de passage, l'avait servi lui-même à déjeuner, selon les traditions d'hospitalité du hameau, dans la cour, sous les figuiers, loin des chambres des femmes... L'autre, rassasié, lui avait tiré dans le dos, avait pu fuir ensuite à travers les vergers. Un tueur dont on avait toujours ignoré le nom, mais pas le motif : empêcher un témoignage précieux pour une affaire de justice, en ville.

Un cousin du premier mari avait épousé l'année suivante la jeune veuve qui avait déjà un fils... Or voilà que, quelques années après, Hadda soudain étonnait, scandalisait même : ce second mari, bel homme il est vrai, aimait trop les danseuses des hameaux voisins et passait la plupart de ses nuits dehors. Elle, épouse délaissée, elle décidait de partir et allait s'installer en ville. Oui une femme seule et à moins de quarante ans !... Elle bénéficiait, il est vrai, du partage. Obtenait même la séparation de corps. Le mari, après démarches et supplications qui le déconsidéraient au village, menait vie dissolue, pour finir mourait d'une tuberculose de jeunesse que les veillées en musique et en transes avaient aggravée.

Saïd jette un regard autour de lui. Tous : des citadins dont la plupart avaient la cinquantaine ; comme lui, génération d'humiliés « Troupeau à exploiter, à vendre et à tondre par France (il dit "Francia", comme s'il s'agissait d'un prénom de femme). Aujourd'hui, les montagnes palpitent, le vent engloutit de drapeaux les rues et les murs, victorieuse végétation, et tous, eux, moi, nous dissimulons mal notre... »

Il cherche ses mots, découvre son malaise, revient à la planche horizontale, qui à hauteur de ses yeux, coupe l'horizon.

– Nous ne sommes pas habitués ! marmonne Saïd en entrant avec les autres dans le cimetière pareil à un champ printanier. « Indépendance »... indépendance, un mot donne-t-il à lui seul l'ivresse ?

Une seconde fois veuve, Yemma revint au hameau, reprit possession des lieux : une demeure vétuste, près des collines, avec des vergers le long de la rivière. Après quelques mois, elle réussit à éviter l'effritement de l'héritage...

Voiles de veuve, costume de soie immaculée, et toujours cette face d'épervier, ce regard noir, insistant. Yemma Hadda mobilisa dès lors l'attention du village à sa sévérité, à sa tristesse morose.

La foi elle-même, telle qu'on la pratiquait dorénavant, subissait l'influence de Hadda. Elle avait supprimé privilèges et ventes de diverses bénédictions dont avait profité jusque-là sa famille. Chaque année par contre, lors de l'anniversaire du sacrifice d'Abraham, sous son ordre et en sa présence, on égorgeait une vingtaine de moutons, les plus gras du troupeau. Les dons, en quartiers de viande, allaient vers les cabanes les plus humbles... Les jours suivants, on lavait à la source, près des roseaux, toutes les toisons. Saïd se rappelle son plaisir d'enfant d'alors – barboter nu jusqu'à la ceinture, dans les rivières blanchies de mousse savonneuse... Ici, encore, comme si les tâches les plus ordinaires devenaient nobles, Yemma Hadda apparaissait. Elle promenait un œil scrutateur sur les paysannes qui, têtes couvertes et bras nus. chantaient dans les collines... Temps de gaieté brusque, d'une joie hésitante que Hadda, la dame sombre, contemplait.

Ensuite elle retournait en ville. Sa demeure du village se taisait, porte fermée. Seul le verger, les hangars et les bêtes restaient sous la surveillance d'un préposé... Saïd, jeune homme, rôdait ; de l'autre côté du coteau, non loin, les veillées licencieuses pouvaient reprendre. Quelques danseuses venues du Sud réapparaissaient, le tambourin se remettait à battre après le couchant, à l'endroit même où les laveuses étaient venues aux aubes. La lune souriait aux hommes de tous âges, une trentaine environ ; une ou deux fois Saïd se joignit à eux.

Transes du rêve, de la musique et des courtisanes : pour Saïd le métayer, folie de jeunesse est résumée par ces quelques soirées où il s'associa, comme un voleur, au groupe dissolu. Quelques-uns, dont les épouses pourtant savaient la présence à ces rencontres, comptaient parmi les dévots reconnus du village... Cinq ou six danseuses le plus souvent, la plupart jeunes, quelquefois flétries, mais ardentes, les affolaient. Pour mériter leur faveur, les mâles entraient en concurrence folle...

Saïd revient à Yemma Hadda, raide, fermée à l'allégresse des autres. Autrefois ne disait-on pas que son second époux (elle ne l'évoquait jamais) roulait des billets de banque en cigares, et fumait ainsi royalement sa fortune pour obtenir la plus belle des courtisanes de passage, terminait la nuit dans quelque verger, réapparaissait le lendemain dans sa demeure abandonnée, ainsi de multiples nuits successives avant de descendre en ville supplier la citadine, la seule et vraie maîtresse qui refusait. Il était mort de dissipations autant que de tuberculose. Tous, depuis, appelaient la veuve « Yemma », ce veuvage, ou la solitude, l'ayant durcie en une seule fois. Un peu plus tard, Saïd entra à son service. Il s'en sentit honoré et désira, suprême honneur, épouser la fille de Yemma. N'osa jamais se déclarer : elle fut donnée à un homme de la ville, mourut en couches et l'enfant, Hassan, fut élevé par la grand-mère. Même alors, Saïd ne perçut aucun fléchissement chez Hadda. Même pas celui dû au vieillissement. Une statue immuable, ainsi la voyait-il.

– Nous sommes tous des humbles, des soumis, des...

Il en excluait Hadda. Aujourd'hui, c'était comme si, sur la planche, l'on transportait dans les rues le passé authentique de la ville... Pour la première fois, Saïd, en disant « la ville » ne pensa pas à un lieu étranger.

La veille, il avait formulé le désir, devant Hassan, de transporter la dépouille à la montagne.

– Dans notre village – a t-il murmuré. Hassan avait scruté le visage du métayer, surpris de cette demande, de la fidélité qu'elle manifestait.

– L'enterrer ici ou là... répondit-il. Partout c'est notre terre, n'importe où...

Que comprenait le jeune homme ? Ce passé menu, dissipé désormais en brouillard. Savoir qu'une vieille femme morte à soixante-dix ans, huit jours après l'indépendance demeurait inaliénable à ce village, d'ailleurs à moitié dévasté...

– A-t-elle désiré cela ? As-tu su quelque chose d'elle ? réinterrogea Hassan. La voix de l'aïeule s'interposa. Le métayer l'entendait nettement :

« Tu lui diras... tu lui diras »

« Les morts parlent, je vous le dis..., pensa Saïd, mais si elle ne te le dit pas à toi... L'as-tu connue, sais-tu que son cœur sauvage sous son corps noueux, demeurait là-bas... O toi, héros des montagnes ! »

Saïd pensa les derniers mots avec une particulière dérision. Il se le reprocha aussitôt après. Répondit pas des balbutiements à la question de Hassan... Le dialogue entre les deux hommes resta suspendu. « Les morts parlent », répète en accusateur Saïd ; les années défilées ainsi, glissaient derrière son dos comme définitivement – seul, le cadavre de nouveau déposé à terre.

Un homme du cortège s'avança pour pousser la porte
du cimetière. Les porteurs reprirent leur charge, les
suivants s'éparpillaient sans ordre jusqu'au trou là-bas,
monticule de terre fraîche de part et d'autre.

Saïd s'arrêta, s'adossa contre le figuier chétif. Alors il
sut qu'enfin le passé était fini, pas seulement la guerre
d'hier et ses tremblements, mais un goût âcre de vie,
une manière de se replier au-dehors, de s'asseoir devant
une dame intimidante, de respirer dans une cabane.
Tout commençait, on enterrait qui, une vieille femme ?
On enterrait la tristesse, la noblesse aussi et son
impitoyable austérité.

Le métayer fut le premier à sortir du cimetière,
certains petits bourgeois de la ville le remarquèrent. Les
jours suivants, ils remarquèrent aussi que Hassan,
l'héritier, ne se considérait héritier de rien, d'aucun bien,
d'aucune terre, seulement de la parole des morts, ses
compagnons qu'au cours de son passé récent de
tumulte, il avait dû enterrer sans doute en trop grand
nombre.

III

Le cimetière dormait. Tous les accompagnateurs du cortège partaient, certains isolément, d'autres par petits groupes. Hassan, debout, attendait la fin du travail du fossoyeur.

Travail noble jugea-t-il ; il aurait pu lui proposer :
Frère, donne-moi la pelle, je saurai moi aussi... je sais !

Répétition des gestes de la tradition : pour celui ou celle qui, devant le four, glisse les pains d'un mouvement ample du coude, pour la vieille à demi aveugle, qui le bras levé, coupe le cordon au-dessus du ventre de l'accouchée, pour l'homme qui replie les épaules en tombant lorsqu'il reçoit la balle meurtrière, enfin pour qui précisément va ramener la terre par pelletées sur un visage prêt à pourrir, sur la forme vulnérable du cadavre...

A ce moment-là, pas avant, tombe encore ouverte, la révolte soudain s'élargit, se creuse... Mais l'humain, quel qu'il soit qui s'y trouve couché, quand son frère vivant commence le geste cruel — cruel mais doux (« ... terre recouvre, terre fais dissoudre, terre fais surgir tes chenilles mortuaires, terre... ma mère !) — alors, une sérénité le saisit, l'élime ou le durcit selon le cas.

Hassan laisse partir le fossoyeur. Quelque argent glissé dans la main de l'homme de peine. Quelques bénédictions à recevoir. Seul enfin devant l'aïeule. Seul après cinq ans de silence.

« Elle est morte » se répète Hassan avec ressentiment. S'attendrir ? Pourquoi... Une chance de l'avoir trouvée vivante la veille, mais il savait que sa volonté d'attente serait la plus forte... Tout de même, cinq ans !

Ces derniers jours, Hassan mesure le temps. D'autres déjà le résument : « sept ans », comme on dit dans des histoires classiques et conformes : « La guerre de Sept Ans », « la guerre de Cent Ans ». Formule ici définitive : « La guerre de libération ». Libération du décor et des autres, mais...

Seul enfin, Hassan s'aperçoit combien cette cérémonie l'a encombré depuis le matin ; tant de monde, d'allées et venues, de paroles, de déambulations... Pourquoi ?... Parce que l'aïeule s'était couchée ?

« Autrefois, c'était autrefois, se dit-il avec une secousse, d'irritation, que la mort exigeait tant d'apparat !... »

L'accueillir avec d'infinies précautions, lui répondre quand sa gueule noirâtre d'un coup a assombri une demeure, a troué un réseau familial, lui répondre par des mots menus, des prières collectives, des soupirs de femmes.

« Autrefois ! ... » reprit-il avec sursaut. Il tourna le dos à la tombe d'un gris humide.

Le jeune homme – trente ans, allure sombre, visage ordinaire, cheveux légèrement frisottés, et déjà gris-blanc, la silhouette un peu trapue – fit quelques pas dans ce jardin des morts : fleurs rares, herbe brûlée par la canicule, quelques oliviers noueux encore dressés dans un coin ; là-bas surtout, près d'un mur vieilli, on jouissait d'un panorama exceptionnel sur la cité et sur son port. Au fond, la Méditerranée.

Hassan reconnaît l'endroit, entre le mur et une coupole qui lui semblait autrefois un imposant monument, dont il ne reste désormais que débris : coin où il se réfugiait enfant, quand il accompagnait Yemma Hadda chaque vendredi. Elle venait s'incliner sur la tombe de sa fille – le garçonnet s'éloignait des tombes, n'aimait guère entendre le monotone récitatif de prières et de conversations qu'entretient ainsi toute femme inclinée devant la mort.

– Viens prier sur la tombe de ta mère ! reprochait quelque voisine qui accompagnait l'aïeule.

Le garçon se détournait, retrouvait le lieu familier, près du mur contre l'édifice à la coupole – mausolée d'un saint du siècle dernier, prétendait-on.

Hassan s'appuie comme autrefois contre ce mur, observe la petite ville : paysage rétréci, gardant son ancienne beauté quasi rustique, au centre le cirque romain en œil immense et crevé, à la pierre rousse, ruines semble-t-il d'un désespoir récent. La bourgade blanche n'avait pas changé mais il semblait qu'elle s'était enveloppée d'une nouvelle atmosphère. Le port paraissait maintenant réduit à des proportions si modestes avec sa dizaine de barques et d'embarcations de pêche immobilisées, son phare vieillot à une extrémité, et sa torpeur comme définitive.

Tous les habitants, ces dernières années, sont tournés à l'opposé vers ces montagnes arides d'où descendaient autrefois des montagnards aux pieds nus, aux corbeilles de figues de Barbarie ou de fèves sèches, d'où parvient comme une odeur neuve qui chasserait le passé ranci de la ville tassée si longtemps dans sa décadence.

« De la montagne, est descendue une mort riante, légère comme ces lieux, une mort aux ailes de victoire !... »

Hassan sortit du cimetière, en referma la porte comme d'une maison dont il aurait été l'hôte. Sans regarder derrière lui, il descendit la pente caillouteuse qui le ramenait aux quartiers limitrophes, les plus défavorisés de la ville. Alors seulement, il s'interrogea sur l'aïeule :

« Ce métayer, hier... Qu'a-t-il voulu me dire, lui que je n'ai pas su faire parler ?... Emu plus que moi, c'est vrai !... Il aimait Yemma Hadda. »

Hassan constatait sans émotion. Il se sentait l'esprit sec. « Une machine à enregistrer » se serait-il volontiers défini. Dans la capitale les jours précédents, il avait assisté presque imperturbable au déferlement de joie convulsive.

Il traversa la ville. Il hocha la tête à deux ou trois reprises rapidement, pour répondre à des saluts de quelques boutiquiers. « Revenir à la maison »... Il s'astreignit à cette règle, comme si la loi pourtant lui pesait. Un ennui s'était saisi de lui devant les décisions à prendre : Aïcha et son fils, que faire, il était certain qu'elle ne pouvait rester seule dans la maison... Lui-

même savait-il vraiment où aller ? Depuis quelque
temps, il ne se sentait nulle part chez lui, résigné
pourtant à s'acclimater n'importe où, pourvu que, les
yeux à l'horizon, il puisse continuer à percevoir la
montagne, ses crêtes sombres, sa ligne de faîte. Comme
un besoin de convalescent.

Il poussa la porte, entra après avoir émis un
toussotement, monta directement au premier sans
appeler qui que ce soit. A son arrivée, un froufroutement
de robes, des chuchotements : les voisines qui
demeuraient là encore, se cachaient. Tête baissée, il
gravit les escaliers qui menaient aux pièces que la vieille
Hadda lui avait réservées.

Depuis la veille, dans l'une d'entre elles, il avait
retrouvé son bureau de lycéen avec des tiroirs bondés
de vieilles lettres. Il n'avait rien cherché ; à peine si une
ou deux lignes de son écriture d'autrefois – des notes de
lecture, dans un carnet commencé il y avait quinze ans –
l'avaient ému. Il n'avait pas le cœur aux fouilles sur soi-
même ! Plus tard, à l'heure des mises au point, des
comptes...

Il entra dans la même pièce, frôla de la main un ou
deux livres sortis des rayonnages la veille, pendant que
la vieille, en bas, se mourait. Il s'allongea sur un divan.
La chambre paraissait fraîche : rideaux tirés depuis le
matin, au fond, une énorme armoire qui sentait la
naphtaline. Au mur face à lui, une gravure naïve comme
on en trouvait dans toutes les maisons humbles, avec
Abraham son fils et la face sereine de Gabriel, gravure
qu'il avait auparavant lui-même fixée là : à l'époque sans
doute où il cultivait le folklore pour dissimuler son
angoisse. Il contempla l'image le cœur sec, et même
davantage durci.

Il tourna ensuite son corps las sur le côté et tenta
avec difficulté de s'endormir.

Moi, la voix anonyme qui accompagne les morts, la brume invisible qui suis de toutes les séparations, le fouillis d'irréalité qui emprunte d'une agonie la convulsion, d'un dernier soupir l'assouvissement, et donc du dernier regard de Hadda – masque de cire, yeux béants lors de l'entrée de Hassan – l'espoir arrêté, je conclus quelquefois : dans un enterrement, souvent, l'on n'enterre pas qui l'on croit.

Le mort, bien sûr, gît dans l'attente, dans un désir aigu (que certains supplicient par un temps de formalités et de cérémonies), désir de la terre, de son sable où peu à peu chaque pore s'engloutira, de son eau sous-jacente qui, à peine la dernière pelletée du fossoyeur lancée, rend humide le dos et le crâne de l'humain enfin redevenu végétal. A peine le silence des cimetières refermé – bienheureuse solitude –, le mort respire une dernière fois, soulagement que ne perçoivent même pas les chenilles de la terre-femme. Commence enfin sa chute vers les abysses – dérive voluptueuse, noyade progressive...

Or, est-il besoin de le dire, je ne parle que des morts de cette terre de soleil, ceux que, par chance, l'on n'enferme pas dans des boîtes plombées. Ne point attendre que le bois d'abord pourrisse, que le plomb se liquéfie pour réserver enfin aux morts leur véritable délivrance, celle où ils reprennent leur forme originaire, sans traits ni personnalité, où végétal et mémoire humaine mystérieusement se tissent...

Moi donc je suis la voix collective qui, de l'une à l'autre de ces présences souterraines, de ces habitants, du profond, au creux de l'ouïe immense de la planète, va et vient, frôle l'un, encercle l'autre. Qui dira pourquoi les morts parlent ? Je surgis en surface, je rôde, je poursuis

*un vivant, j'ensorcelle un innocent, je rends
bourdonnant d'enfance un vieillard, surtout je
transperce un adulte bien portant, oublieux, tout
à fait renégat, ou qui désire l'être...*

*La vieille Hadda... Son enterrement : un fait
menu, ressac d'un monde à demi englouti, après
la guerre et davantage avec les houles des débuts
de la paix. La vieille Hadda : quand elle naquit,
l'autre siècle, dans ce village où habite encore le
métayer Saïd, une génération de défaite avait
peuplé ce coin de terre... Algérie... Lieu sur la terre
où par instants (cinq ans, ou dix, ou cinquante...)
la pointe sombre du temps se creuse, aiguise cœurs
et chairs... Humbles les gens, profonde la misère ?...*

*Hadda jeune fille grandit dans cette nostalgie-
là, sa part de femme fut quelconque, une
bravade imprévisible au milieu, mais le tracé de
vie entier s'en trouva modifié... Vie paysanne,
avec ce refus brusque – oh, refus somme toute
modeste – mais alors un visage se dessina : dame
sombre de vraie noblesse retrouvée, orgueil du
masque qui ne se révèle plus masque, mais vraie
attente, mais dur espoir...*

*Moi, l'accompagnatrice des morts, pour la
vieille Hadda, je résume du mieux possible son
dessin de vie.*

*Un enterrement sans histoire certes, mais voilà
que la mélancolie d'une cousine pauvre, la
rêverie d'un métayer dans un cortège subsistent,
tandis que sur le petit-fils seul les regards témoins
se concentrent. En son cœur à lui, règne une
étendue aride. Pire que l'oubli.*

*Or les morts parlent. La voix de la vieille
murmure près de Aïcha, elle frôle de fidélité la
mémoire du métayer. Qu'en perçoit l'homme vers
lequel les derniers espoirs de Hadda se sont
tendus ? Rien.*

*Hassan, « le héros des montagnes » surnommé
ainsi par un Saïd amer, Hassan s'est allongé sur
le divan de la chambre. Il tourne sur le côté son
corps las. Il voudrait s'endormir.*

*Moi, la voix qui chavire, qui coule de l'un à
l'autre, qui dans un cœur en déroute soudain
ruisselle de souvenirs, d'anciens chuchotements,
de musique, moi qui, les heures, quelquefois les
jours qui suivent un enterrement, ai scrupule à
partir et reste à rôder, tel un ivrogne cherchant
son chemin, moi face au dormeur du divan, je
mesure la distance infranchissable entre lui et
Hadda couchée en dame droite, à tête déjà de
monstre décarcassé... Les morts parlent, certes,
qui en mesurerait l'équivoque ?*

Les jours suivants, dans la cité où avait trôné Yemma
Hadda, divers responsables tinrent des discours sonnants
sur l'ordre nouveau à établir, sur la société meurtrie mais
libre enfin à édifier. Parmi eux, Hassan parla : deux ou
trois mille personnes écoutaient sur la place ; dans
l'assistance se trouvaient de nombreuses femmes,
placées au fond, étendue mouvante de voiles blancs.

Longuement, il évoqua les morts, tous les morts
enfouis dans les broussailles, morts au combat, morts
des massacres, « tous les morts qui vivraient » disait-il. Il
obtint un succès si prolongé que les hululements des
femmes montèrent en vrilles langoureuses de l'esplanade
au-dessus du port où se tenait le meeting, jusqu'au
cimetière où Aïcha seule était venue se recueillir. C'était
le septième jour de la mort de Yemma. A ses côtés, son
garçonnet – cinq ans déjà – contemplait par-dessus le
mur le panorama de la ville, qu'irisaient les taches
mobiles et colorées du meeting.

1970 et 1978.

JOUR DE RAMADHAN

Le temps s'allonge les jours de carême, les maisons deviennent profondes, l'ombre translucide et le corps s'alanguit.

– Il court, les saisons, commençait Lla Fatouma.

– Il court, il court, le carême ! fredonnait Nadjia.

– Vous verrez quand il viendra en hiver ! Doux et tendre comme de la laine, le Ramadhan d'hiver – et Lla Fatouma, lourde, imposante, se remettait au ménage.

– Je me le rappelle – murmurait Houria, l'aînée des filles quand je l'ai commencé à dix ans, oui... c'était l'hiver !

– Non, l'automne, corrigeait la seconde. Les oranges étaient vertes encore, j'en suis sûre. J'avais huit ans et je faisais carême, un jour oui, un jour non.

Nfissa contemplait ses sœurs sans dire mot. Le père était sorti, Lla Fatouma faisait maintenant sa prière dans un coin de la grande salle de séjour, tandis qu'elle-même entassait les peaux de mouton qui avaient servi à la sieste. Les autres s'affairaient, mais dans une anarchie due au changement des habitudes ménagères en ces premiers jours de Ramadhan.

« Le temps s'allonge, les maisons deviennent profondes, l'ombre translucide et le corps s'alanguit » : de nouveau, l'esprit de Nfissa analyse, puis erre négligemment dans les souvenirs – autrefois, la même saison, elle et Nadjia qui s'impatientaient de jeûner (quand auraient-elles enfin la permission ? On refusait de les réveiller au milieu de la nuit, pour le repas de réconfort). Autrefois, hier encore...

Hier, Nfissa se trouvait en prison... Le Ramadhan parmi de vraies séquestrées, cette prison de France où on les avait groupées, six « rebelles » – disait-on – qu'on allait juger.

Elles avaient commencé le jeûne avec une allégresse d'ascète : l'exil et les chaînes devenaient immatériels, une délivrance du corps qui tourne dans la cellule mais ne se cogne soudain plus aux murs ; deux Françaises arrêtées dans le même réseau s'étaient jointes à l'observance islamique et, malgré la fadeur de la soupe au crépuscule, comme le repos se creusait au-delà des heures grises comme le chant des veillées, malgré la garde, semblait franchir la mer, rejoindre les montagnes du pays !

– Le premier Ramadhan loin de la peine ! murmura Lla Fatouma, en rentrant dans sa cuisine.

– Il en est encore tout enveloppé pourtant ! gémit Houria doucement.

Seule Nfissa qui faisait semblant de lire l'entendit. Elle leva les yeux sur leur aînée : vingt-huit ans et déjà veuve.

– Si au moins il m'avait laissé un enfant, un fils qui me restitue son image ! s'était-elle plainte durant des mois.

– Elever un enfant sans homme, tu en ignores les épines ! rétorquait la mère. Tu es jeune, Dieu t'apportera un nouveau mari, Dieu t'emplira ta maison d'une moisson de petits anges.

– Que Dieu le veuille ! répondaient les autres, en chœur.

De la cuisine, commençait à sortir l'odeur du paprika grillé

– Déjà quatre heures !... Encore deux heures de patience !

– Je n'ai ressenti ni faim, ni soif ! s'exclamait Nadjia en virevoltant. Elle se crut inopinément dans quelque fête, mit en marche le poste de radio, esquissa un pas de danse.

— Jeûner dans les rires et la joie ! déclara-t-elle, faussement gaie. Mon carême comptera double !

Houria était sortie dans un sillage de nostalgie. Nfissa fixa longuement sa sœur cadette : dix-neuf ans, des yeux allumés d'orgueil, une minceur presque inquiétante.

— Tu devrais être moins bruyante ! conseilla-t-elle avec un demi-sourire d'indulgence. Houria se souvient !

— Moi aussi, je me souviens ! Si toi, tu as connu la prison, moi je l'ai connue aussi, mais ici même, dans cette maison que tu trouves merveilleuse.

La voix de Nadjia se fit rêche : elle sursauta, rit à peine d'une façon aiguë et s'immobilisa, affrontant Nfissa, prête à une nouvelle querelle.

— Tu ne vas pas recommencer ! bougonna Nfissa en se remettant à sa lecture.

— Si tu te mets en colère, alors, là, ton carême comptera pour rien ! intervint sur le seuil de la cuisine la voix joviale de Lla Fatouma.

Elle avait les bras nus, s'était débarrassée sans façon de son corsage d'organza, ne portant qu'une chemise festonnée à l'ancienne mode. Elle venait de pétrir la pâte pour des galettes, et, rosie par l'effort, sortait se laver les mains dans le bassin de la cour. La maisonnée devenait royaume de femmes, le père ne rentrant qu'au soleil couchant, quelques minutes avant que ne parvienne, à travers les pampres de la vigne et du jasmin alangui, le chant du muezzin. La mosquée du village était proche.

Nadjia, aux mots de sa mère, haussa les épaules avec une tristesse impuissante. Lla Fatouma, sans avoir écouté le dialogue avait compris : pendant les deux dernières années de guerre, le père avait fait interrompre à Nadjia ses études. Celle-ci, depuis l'indépendance, voulait les reprendre, aller en ville et travailler, être institutrice ou étudiante, n'importe mais travailler : un drame familial couvait.

— Le Ramadhan est la trêve de toutes les rancœurs ! Un cœur noir n'obtiendra point rémission... murmura Lla Fatouma en revenant.

Elle traversa la pièce, remit son corsage avec des gestes lents de reine, puis retourna à ses marmites. A la rupture du jeûne, Nfissa et Nadjia attendaient devant la table basse chargée de mets que tous les autres, y compris le père, terminent la prière du crépuscule. Le repas s'écoulait presque silencieux à cause du père qui, sitôt le café pris, sortait participer à une veillée religieuse. Ensuite des voisines venaient en visite, pépiant dans la cour, pliant elles-mêmes voile et voilette. Elles s'asseyaient avec des soupirs sur les divans.

— Ces sept années de guerre, chacun restait chez soi !... commençait l'une d'entre elles.

— Notre fille entre les mains ennemies, et nous, nous aurions eu le cœur à prendre le café !s'exclamait une autre à l'intention de Nfissa et en l'embrassant avec des bénédictions

Nadjia saluait les arrivées, échangeait avec elles les interminables formules de politesse, puis s'éclipsait. A Nfissa qui venait la chercher en vain :

— Non ! renâclait-elle. Papoter, manger des gâteaux, s'empiffrer en attendant le lendemain, est-ce pour cela qu'il y a eu deuil et sang ? Non, je ne l'admets pas... Moi, — et sa voix s'enveloppait de larmes — je croyais, vois-tu, que tout cela changerait, qu'autre chose viendrait, que...

Nadjia éclata en pleurs, s'enfouit le visage dans l'oreiller, sur le même lit d'enfance.

Nfissa sortit sans répondre.

— Si l'on pouvait au moins étouffer la mémoire ! disait, au milieu de la conversation générale, une vieille qui avait perdu ses deux fils à la guerre. On pourrait retrouver les Ramadhan d'autrefois, la sérénité d'autrefois !

Un silence s'installa, incertain, embué de regrets.

— Heureux les martyrs de la foi !... dit gravement Lla Fatouma qui revenait, une théière à la main.

L'odeur de la menthe se répandit jusque dans la cour épaissie de nuit et Houria sortit pour essuyer ses larmes.

1966.

NOSTALGIE DE LA HORDE

— Petite mère, suppliait Nfissa dans le lit, blottie contre l'aïeule, parle-nous de ton époux... Personne d'autre que toi ne l'a connu... pas même père.

L'arrière-grand-mère restait lucide. C'était le Ramadhan alors ; dans la ville voisine, chacun rendait visite à une maison amie au cours de veillées indolentes, et les enfants trottinaient dans les ruelles d'ombre, les bras chargés de pâtisseries à emmener au four.

A la maison, le père était rentré avec des noix, des amandes, des dattes et des raisins secs, il les avait éparpillés en petits tas devant ses quatre filles, on avait tiré l'aïeule de sa méditation religieuse pour effeuiller devant elle les cœurs de palmiers.

— Parle-nous de ton époux, petite mère, suppliait à son tour Nadjia.

— J'ai été mariée à douze ans... Fille unique, j'avais été gâtée par mon père. Alors me voilà dans ma nouvelle demeure ne sachant rien faire : ni pétrir le pain ni tourner le tamis pour le couscous... et aucune notion du travail de la laine ! Or, que vaut une femme qui ne sait travailler la laine ?... Un jour, mon beau-père apporte à sa vieille une tonne de laine, elle en fait le partage entre ses quatre brus, moi comprise. Chacune devait tout faire seule : laver la laine, la battre, la nettoyer, la carder ensuite, puis la filer, enfin tisser soit une toge pour l'époux, soit...

— Et tu as appris tout cela ? s'exclama Houria.

— A douze ans ?

— Ce qui m'a été le plus dur, voyez-vous, mes fillettes, c'était me lever tôt !... Ce que je dormais, je dormais à votre âge !... Un jour, je ne sais pourquoi, je ne me suis réveillée qu'à huit heures... Huit heures, vous vous rendez compte !

La vieille hocha la tête, sourit malicieusement en tâtant de l'index son dentier.

— Ma belle-mère, scandalisée par ma paresse, avait dit à mon mari : « Va lui chercher son père ! Nous n'avons pas fait venir une princesse. » Elle avait raison, bien sûr... Donc je me réveille, je bâille, je m'étire quand soudain j'entends mon père tousser derrière la porte de ma chambre. Je me lève, pleine d'effroi. Toute tremblante je le fais entrer. Mon père avec calme m'interroge :

— Qu'y a-t-il ? Pourquoi m'a-t-on fait venir ?

— Rien, rien... répondis-je, confuse. Je ne me suis pas réveillée, ce matin !

Il me regarde alors avec sévérité et me menace :

— La prochaine fois, si je viens et te trouve au lit à pareille heure, tu pleureras des larmes de sang !, puis il s'en est allé.

Toutes les filles se trouvaient maintenant réunies dans le lit profond autour de l'aïeule.

— Alors... continue !

— Des années plus tard, j'ai appris la suite... Après être sorti de ma chambre, il avait retrouvé dans la rue mon beau-père qui était son meilleur ami. Il s'était mis, paraît-il, dans une belle colère, une vraie cette fois :

— Comment, parce qu'elle s'est levée à huit heures et un jour de Ramadhan, vous me faites venir !... C'est encore une enfant, voyons : toi, je t'avais prévenu !

L'autre, paraît-il, dut lui demander pardon... Moi, naturellement, je n'en avais rien su et, depuis ce jour, j'avais si peur que mon père revienne ainsi, en toussant derrière ma porte, à mon réveil, que chaque aube me trouvait debout dès quatre heures du matin, à l'heure où mon époux se levait et partait vers les champs paternels. J'avais déjà pétri et cuit le pain au four, mis quelquefois le repas sur le *kanoun* quand ma belle-mère et mes belles-sœurs se levaient... J'avais ensuite la matinée entière pour m'installer à l'intérieur du métier à tisser et continuer la couverture ou le voile de laine que je confectionnais.

— C'est ce métier qui se dresse là ? demandait une fillette.

— Celui-là même, répondit l'aïeule. Sans me vanter, après quelques années dans la demeure de mon époux, je n'avais pas ma pareille pour le filage et le tissage... Ma belle-mère disait de moi :

— Voyez Fatima, elle file une laine fine comme la langue du serpent !

Les fillettes s'installaient tout à fait dans le lit-cage, on allumait un quinquet, Nfissa redemandait :

— Ton époux, petite mère, tu ne nous en as pas parlé !

— Mon mari, hélas, que Dieu lui pardonne et lui accorde le salut, après la mort du « vieux » qui, lui, était un homme juste, mon mari devint violent et brutal... Il me battait quelquefois... Une fois pour quasiment rien : j'avais oublié de ranger une assiette de galettes, après le petit déjeuner. Il était entré à la fin de la matinée, il s'aperçut de ma faute, se saisit de la pierre de *talmoum* qui lui servait pour ses ablutions. Voilà qu'il me la lance au visage !... La pierre m'ouvrit le front juste au-dessus de l'œil (le Prophète, que la grâce soit sur lui, m'a protégée !) et mon mari se remit à prier imperturbablement.

— Et après ?

— Après... Mes belles-sœurs s'affolent parce que le même jour la visite de mon père est annoncée. Que vais-je lui dire ? Sachant que mon mari me battait, il m'aurait fait sortir de là sur-le-champ. Mes belles-sœurs me supplient

– Forge un mensonge ! Nous ne voulons pas que tu partes !... Même la vieille s'y est mise et m'a conseillée :
– Dis à ton père que c'est la génisse.

– C'est la génisse que tu m'as offerte, lui dis-je quand il s'inquiéta de ma blessure. Quand j'ai voulu la traire, elle m'a donné un coup de sabot !

– Maudite cette génisse qui a manqué d'aveugler ma fille ! » s'exclama mon père, jurant aussitôt sur le Coran qu'il reprenait cette génisse le jour même pour la conduire à l'abattoir...

Et me voilà en train de pleurer toute cette nuit, tant j'aimais cette génisse... mais je pleurais doucement pour que mon époux puisse dormir !

Est-ce à cause de toutes ces évocations que l'aïeule s'est remise à aller à la mosquée du village ?

– Tu ne devrais pas ! lui disait son fils avant de monter dans sa charrette avec Nfissa et Nadjia qu'il emmenait en ville. Bien peu de femmes y vont, maintenant que c'est la France.

– La France ? grommelait l'aïeule. Que m'importe ?

A cette époque, elle pleura un jour entier, peine aussi grave sans doute que lors de la perte de la génisse autrefois : l'imam du village était mort.

– Depuis vingt ans que je faisais la prière derrière lui !... Il savait si bien dire le *tarawih* : réciter les sourates les plus longues pour commencer, les plus courtes ensuite, puis vingt agenouillements.

Le septième jour de cette mort coïncida avec justement le début du Ramadhan, et malgré l'absence du cheikh ressentie vivement, on salua ce mois bienheureux par de la joie : les enfants allumaient des cierges et parcouraient les ruelles en chantant des hymnes, les hommes priaient toute la nuit...

Le vingt-septième jour du jeûne, Lla Toumia se hasarda à évoquer les morts, Omar et Rachid dans un coin jouaient au lancer des noyaux d'abricots.

– Mon père, dans sa jeunesse, passait cette « nuit de la Destinée » à réciter le plus possible de sourates. Une année, à cette même occasion, il rompit le jeûne avec une pomme et il se précipita à la mosquée. Il lut soixante sourates d'un trait, sans s'arrêter... A la fin, son maître l'interrompit :

– Agenouille-toi, O Mahmoud !

Mon père s'agenouilla et son maître sortit.

– La nuit du vingt-septième jour, se rappela la vieille tante en visite, les *tolbas* lisent le Coran à tour de rôle et chacun d'eux debout sur une seule jambe... L'émulation les saisit alors : qui tiendra le plus, qui, sous l'ivresse religieuse, ne sentira plus son corps ?

– Cela, c'était autrefois ! En ces jours nouveaux, ne règne que l'incroyant. Nos propres fils (la femme qui parlait se leva et s'apprêta à sortir), oui, nos propres fils quelquefois dans l'incroyance ! gémit-elle en se drapant dans son voile d'une soie raide.

– Les meilleurs ont disparu ! soupira la vieille.

Les enfants se serraient, filles et garçons, en ces soirs où la nostalgie de la horde inexplicablement s'infiltrait dans les cœurs (tout prétexte était bon : une noce, une mort).

– Votre aïeul, reprit l'aïeule – que Dieu l'ait en sa miséricorde ! – avait cinq fils, parmi lesquels votre grand-père... Le premier, Baba Taieb, avait une manie : à intervalles réguliers, il poussait un rugissement : – O Allah ! Quelquefois ses frères, gênés, le réprimandaient :

– Dis le nom de Dieu en toi-même, ou entre tes lèvres, mais pourquoi ce cri ?

– Ce n'est pas de ma faute ! Cela m'arrive sans que j'y prenne garde, cela me soulage !...

Un jour, je revenais du cimetière avec un groupe de femmes ; de loin, nous voyons un homme qui marche, enveloppé dans un large manteau vert, d'un vert agressif peut-être, mais vert de l'islam tout de même. Soudain, un cri : – O Allah !

– Le pauvre ! dit une femme, ce doit être un derviche !

Je dus avouer, avec quelque aigreur, certes :

– Ce n'est pas un simple. c'est lui qui se veut derviche... C'est le frère de mon époux !... Tenez, même lors des enterrements, il se mettait au milieu des *tolbas* qui récitaient. Dès que ceux-ci s'arrêtaient pour reprendre souffle, il rugissait : – O Allah ! et nous, ses parentes, sa femme, ses filles, nous nous lamentions dans notre coin : – Baba Taieb qui ne sait pas se tenir !...

La récitante s'arrêtait, dévidait entre ses doigts son chapelet, puis reprenait :

– Le deuxième fils, on le surnommait : « le pèlerin parti à La Mecque et qui en revint nu ».

– Nu ? s'esclaffait-on.

– On l'avait volé là-bas et il ne portait plus que sa gandoura. Il fallut que ses frères se cotisent tous pour lui acheter des vêtements. Lorsqu'il avait mis toutes ses économies de savetier pour le voyage à La Mecque, on avait cherché à le retenir :

– Laisse ton argent pour ta vieillesse, tu n'as même pas de fils !

– Non ! » répondit-il. Cette fois, mon cœur s'est dressé du désir de la maison de Dieu, et c'est ainsi qu'il partit.

– Le troisième ? demanda une voix timide.

La récitante prit son temps : ses yeux humides s'éclairaient de la lumière du passé.

– Le troisième, un conducteur de diligence, fut un homme de bien : Hadj Bachir, mort à quarante ans sur la route qui descend à la plaine. La diligence se penchait dangereusement, il prit les devants, sauta et tomba dans le fossé, mais la diligence se renversa sur lui. Les autres voyageurs qui n'avaient pas bougé furent sains et saufs... Lui, on l'emmena dans la ville voisine, on le fit entrer dans le vestibule d'un bain maure et on le laissa mourir : la mort mit, raconte-t-on, une demi-journée pour le prendre. Certains des marchands de passage qui le connaissaient se recueillaient devant lui, tout rêveurs puis partaient, pleins de tristesse : — Quel homme est en train de mourir ! soupiraient-ils... On dit qu'une chaleur torride s'abattit ce même jour sur la ville.

— Personne n'alla lui chercher un médecin ? interrogea un jeune auditeur.

— A cette époque, répliqua l'aïeule, sur un ton rogue, l'on disait « médecin et hôpital ?... médecin de la France, et hôpital de la France... »

Le quatrième, reprit-elle après un silence, on l'appelait le Soudanais, parce qu'il alla vivre sept ans près du Soudan... — Comment est-ce chez eux, mon oncle ? lui demandaient ses neveux et nièces à son retour. — Ils dorment toute la journée sur le ventre, disait-il... Dès que le soleil se couche, ils se lèvent, et alors quelles nuits ! danse, chant, concours de poésie, cercle de causeurs... On vit sous la lune, dans ces pays !... Il disait aussi parfois : — Quand je leur parlais d'eau qui coule chez nous dans les rigoles, ils riaient, n'y croyaient pas ou disaient seulement : le « Paradis », c'est donc chez vous ?

— Et le cinquième, petite mère ? dit un enfant.

— Le cinquième, ce fut votre grand-père, que Dieu le tienne en sa sauvegarde... Je l'ai épousé à douze ans, il en avait vingt huit... — elle s'arrêta.

Par la suite, elle reprit le récit, pas du même ton : de voir ces frimousses autour d'elle lui rappela probablement scène pareille, elle à douze ou treize ans jeune épousée et trouvant dans la nouvelle demeure celle qu'on appelait alors « la vieille » qui, à quatre-vingts ans, ne se décidait pas à mourir...

— C'était la mère de mon beau-père, leur grand-mère à tous et dont tous pourtant ne voulaient pas, si bien qu'elle resta finalement dans ma chambre. Pendant huit ans, elle ne sortit pas de son coin. Ses belles-filles (dont ma belle-mère) ne l'aimaient pas. Ces choses malheureusement arrivaient même autrefois. Quand elle se mit à faiblir, je les prévins dans la cour, elles répondirent : – La vieille ne mourra pas ! Elle nous enterrera ! Après huit jours, je lui fermai les paupières et sortis de nouveau pour leur annoncer : – Mma Rkia est morte ! et elles de sangloter, les misérables, de se défaire les cheveux !

La récitante se tut un moment, battit des paupières :

– Durant ces huit ans, dans son coin, elle me parlait, elle me parlait ! Je l'écoutais... L'année où les Français entrèrent dans notre ville, elle était jeune épousée. Toute la famille s'était groupée dans la plus grande pièce, vaste comme un hangar et personne n'en sortait, ni homme ni femme. Seul le cheikh, lui, votre ancêtre, un fils de janissaire turc et de femme berbère, restait dressé aux aguets sur le seuil, nuit et jour... Or dans ces jours d'effroi, voici que Mma Rkia accoucha d'une fille. Dehors on entendait le bruit du carnage et des balles, mais à côté d'elle sa belle-sœur s'était mise à maudire le sort de l'accouchée : – Une fille ! tu nous donnes une fille !... tout juste bonne pour une race d'esclaves !...

« Etait-ce ma faute ? » pensa Rkia et elle se sentait toute honteuse. Plus tard, elle se dit : « Fille ou garçon, n'étions-nous pas tous là, serrés comme dans une basse-cour, à l'approche du chacal ? ... Ah, ma chérie – me disait la vieille – j'entends encore cette femme maudire, maudire !.. Soudain, ma fille nouvellement née poussa un premier gémissement au milieu du silence, un second plus long et plus distinct, puis mourut... J'ai toujours pensé que Dieu me l'enleva à cause des malédictions de ma belle-sœur, de la race des pleureuses, la maudite !... J'ai eu cinq garçons ensuite, cinq garçons mais pas une seule fille, hélas... C'était l'année où les Français entrèrent dans notre ville ! soupira Mma Rkia

1965

POSTFACE

REGARD INTERDIT, SON COUPÉ

I

Le 25 juin 1832, Delacroix débarque à Alger pour une courte escale. Il vient de séjourner durant un mois au Maroc, immergé dans un univers d'une extrême richesse visuelle (splendeur des costumes, furia des fantasias, fastes d'une cour royale, pittoresque de noces juives ou de musiciens de rues, noblesse de félins royaux : lions, tigres, etc.).

Cet Orient si proche et dont il est le contemporain s'offre à lui dans une totale et excessive nouveauté. Un Orient tel qu'il l'avait rêvé pour la *Mort de Sardanapale* – mais ici lavé de toute idée de péché. Un Orient qui par surcroît et dans le seul Maroc, échappe à l'autorité du Turc exécré depuis les *Scènes des massacres de Scio*.

Le Maroc se révèle ainsi lieu de rencontre du rêve et de l'idéal esthétique incarné, lieu d'une révolution visuelle. Delacroix peut justement écrire un peu plus tard : « Les hommes et les choses m'apparaissent sous un jour nouveau depuis mon voyage. »

A Alger, Delacroix ne séjournera que trois jours. Ce bref passage dans une capitale récemment conquise l'oriente, grâce à un heureux concours de circonstances, vers un monde auquel il était demeuré étranger lors de son périple marocain. Pour la première fois, il pénètre dans un univers réservé : celui des femmes algériennes.

Le monde, qu'il a découvert au Maroc et que ses

croquis fixent, est essentiellement masculin et guerrier, viril en un mot. S'est offert à ses yeux le permanent spectacle d'une extériorité toute en fastes, bruits, cavalcades et mouvements rapides. Mais passant du Maroc à l'Algérie, Delacroix franchit en même temps une subtile frontière qui va inverser tous les signes et être à l'origine de ce que la postérité retiendra de ce singulier « voyage en Orient ».

L'aventure est connue : l'ingénieur en chef du port d'Alger M. Poirel, amateur de peinture, a dans ses services un *chaouch*, ancien patron de barque de course – un raïs d'avant 1830 qui consent, après de longues discussions, à laisser Delacroix pénétrer dans sa propre maison.

Un ami de l'ami, Cournault, nous rapporte les détails de l'intrusion. La maison se trouvait dans l'ex-rue Duquesne. Delacroix, accompagné du mari et sans doute de Poirel, traverse « un couloir obscur » au bout duquel s'ouvre, inattendu et baignant dans une lumière presque irréelle, le harem proprement dit. Là, des femmes et des enfants l'attendent « au milieu d'un amas de soie et d'or ». L'épouse de l'ancien raïs, jeune et jolie, est assise devant un narguilé. Delacroix, rapporte Poirel à Cournault qui nous l'écrit, « était comme enivré du spectacle qu'il avait sous ses yeux ».

Entré en conversation, par l'intermédiaire du mari improvisé interprète, il veut tout savoir de « cette vie nouvelle et mystérieuse pour lui ». Sur les multiples croquis qu'il entreprend – attitudes diverses de femmes assises – il inscrit ce qui lui paraît le plus important à ne pas oublier : la précision des couleurs « noir ligné d'or, violet laqué, rouge d'Inde foncé », etc.) avec le détail des costumes, rapport multiple et étrange qui déroute ses yeux.

Dans ces brèves annotations graphiques ou scripturaires, il y a comme une fébrilité de la main, une ivresse du regard : instant fugitif d'une révélation évanescente se tenant sur cette mouvante frontière où se côtoient rêve et réalité. Cournault note : « Cette fièvre que calmaient à peine les sorbets et les fruits ».

La vision, complètement nouvelle, a été perçue image pure. Et comme si cet éclat trop neuf devait en brouiller la réalité, Delacroix se force à noter sur ses croquis chaque nom et prénom de femme. Aquarelles armoriées aux noms de Bayah, Mouni et Zora ben Soltane, Zora et Kadoudja Tarboridji. Corps crayonnés sortant de l'anonymat de l'exotisme.

Cette abondance de couleurs rares, ces noms aux sonorités nouvelles, est-ce cela qui trouble et exalte le peintre ? Est-ce cela qui lui fait écrire : « C'est beau ! C'est comme au temps d'Homère ! »

Là, dans cette visite de quelques heures à des femmes recluses, quel choc, ou tout au moins quel vague trouble a saisi le peintre ? Ce cœur de harem entrouvert, est-il vraiment tel qu'il le voit ?

Delacroix rapporte de ce lieu traversé des objets : des babouches, une écharpe, une chemise, une culotte. Non pas banals trophées de touriste, mais preuves tangibles d'une expérience unique, fugace. Traces oniriques.

Il a besoin de toucher son rêve, d'en prolonger la vie au-delà du souvenir, de compléter ce que ses carnets enferment de croquis et dessins. Il y a là l'équivalent d'une compulsion fétichiste qu'aggrave la certitude de l'unicité irrévocable de ce moment vécu, qui ne se répétera plus jamais

A son retour à Paris, le peintre travaillera deux ans sur l'image de son souvenir qui, bien que documenté et étayé d'objets locaux, tangue d'une sourde et informulée incertitude. Il en tire un chef-d'œuvre qui nous fait toujours nous interroger.

Femmes d'Alger dans leur appartement : trois femmes dont deux sont assises devant un narguilé. La troisième, au premier plan, est à demi allongée, accoudée sur des coussins. Une servante, de trois quarts dos, lève un bras comme si elle écartait la lourde tenture qui masque cet univers clos ; personnage presque accessoire, elle ne fait que longer ce chatoiement de couleurs qui auréole les trois autres femmes. Tout le sens du tableau se joue dans le rapport qu'entretiennent celles-ci avec leur corps, ainsi qu'avec le lieu de leur enfermement. Prisonnières résignées d'un lieu clos qui s'éclaire d'une sorte de lumière de rêve venue de nulle part – lumière de serre ou d'aquarium –, le génie de Delacroix nous les rend à la fois présentes et lointaines, énigmatiques au plus haut point.

Quinze ans après ces journées d'Alger, Delacroix se ressouvient, y retravaille et donne au salon de 1849 une seconde version des *Femmes d'Alger*.

La composition est à peu près identique, mais plusieurs changements font mieux apparaître par récurrence le sens latent du tableau.

Dans cette seconde toile où les traits des personnages sont moins précis, les éléments du décor moins fouillés, l'angle de vision s'est élargi. Cet effet de cadrage a pour triple résultat : d'éloigner de nous les trois femmes qui s'enfoncent alors plus profondément dans leur retrait, de découvrir et dénuder entièrement un des murs de la chambre, de le faire peser d'un plus grand poids sur la solitude de ces femmes, enfin d'accentuer le caractère irréel de la lumière. Celle-ci fait mieux apparaître ce que l'ombre recèle comme menace invisible, omniprésente, par le truchement de la servante qu'on ne distingue presque plus mais qui est là, attentive.

Femmes en attente toujours. Moins sultanes soudain que prisonnières. N'entretenant avec nous, spectateurs, aucun rapport. Ne s'abandonnant ni ne se refusant au

regard. Etrangères mais présentes terriblement dans cette
atmosphère raréfiée de la claustration.

Elie Faure raconte que le vieux Renoir, quand il
évoquait cette lumière des *Femmes d'Alger*, ne pouvait
s'empêcher de laisser couler sur ses joues de grosses
larmes.

Devrions-nous pleurer comme le vieux Renoir, mais
pour d'autres raisons qu'artistiques ? Evoquer, un siècle
et demi après, les Baya, Zora, Mouni et Khadoudja. Ces
femmes, que Delacroix – peut-être malgré lui [1] – a su
regarder comme personne ne l'avait fait avant lui, ne
cessent de nous dire, depuis, quelques chose
d'insoutenable et d'actuellement présent.

Le tableau de Delacroix se perçoit comme une
approche d'un Orient au féminin – la première sans
doute dans la peinture européenne, habituée à traiter
littérairement le thème de l'odalisque ou à évoquer
seulement cruauté et nudité du sérail.

Le rêve lointain et proche dans les yeux perdus des
trois Algéroises, si nous tentons d'en saisir la nature :
nostalgie ou douceur vague, c'est pour, à partir de leur
absence si manifeste, rêver à notre tour la sensualité.
Comme si derrière ces corps et avant que la servante ne
laisse retomber le rideau, s'étalait un univers dans lequel
avant de s'asseoir devant nous, nous qui regardons, elles
vivraient continuellement.

Car précisément, nous regardons. Dans la réalité, ce
regard-là nous est interdit. Si le tableau de Delacroix
inconsciemment fascine, ce n'est pas en fait pour cet
Orient superficiel qu'il propose, dans une pénombre de
luxe et de silence, mais parce que, nous mettant devant
ces femmes en position de regard, il nous rappelle
qu'ordinairement nous n'en avons pas le droit. Ce
tableau lui-même est un regard volé.

Et je me dis que Delacroix, plus de quinze ans après,
s'est rappelé surtout ce « couloir obscur » au bout

duquel, dans un espace sans issue, se tiennent, hiératiques, les prisonnières du secret. Celles dont on ne devine le drame lointain que de cette coulisse inattendue que devient là la peinture.

Ces femmes, est-ce parce qu'elles rêvent qu'elles ne nous regardent pas, ou est-ce parce que, enfermées sans recours, elles ne peuvent même plus nous entrevoir ? Rien ne se devine de l'âme de ces dolentes assises, comme noyées dans ce qui les entoure. Elles demeurent absentes à elles-même, à leur corps, à leur sensualité, à leur bonheur.

Entre elles et nous, spectateurs, il y a eu la seconde du dévoilement, le pas qui a franchi le vestibule de l'intimité, le frôlement surpris du voleur, de l'espion, du voyeur. Deux ans auparavant seulement, le peintre français y aurait risqué sa vie...

Flotte donc entre ces femmes d'Alger et nous, l'interdit. Neutre, anonyme, omniprésent.

Ce regard-là, longtemps on a cru qu'il était volé parce qu'il était celui de l'étranger, hors du harem et de la cité.

Depuis quelques décennies – au fur et à mesure que triomphe çà et là chaque nationalisme –, on peut se rendre compte qu'à l'intérieur de cet Orient livré à lui-même, l'image de la femme n'est pas perçue autrement : par le père, par l'époux et, d'une façon plus trouble, par le frère et le fils.

En principe, seuls ceux-ci peuvent regarder la femme. Aux autres hommes de la tribu (et tout cousin qui aura partagé les jeux d'enfance devient un voyeur-voleur en puissance), la femme montre – dans un premier temps d'assouplissement de la rigueur coutumière – sinon son corps entier, du moins son visage et ses mains.

Le second temps de cet assouplissement se trouve être paradoxalement dépendant du voile [2]. Enveloppant totalement le corps et les membres, il permet à celle qui le revêt et qui circule au-dehors sous son couvert, d'être à son tour voleuse possible dans l'espace masculin. Elle y paraît surtout silhouette fugitive, éborgnée quand elle ne regarde que d'un œil. Les largesses du « libéralisme » lui restituent, dans certains cas et lieux, son autre œil en même temps que l'intégralité de son regard : les deux yeux, grâce à la voilette, sont maintenant grands ouverts sur le dehors.

Un autre œil est donc là, le regard féminin. Mais cet œil libéré, qui pourrait devenir signe d'une conquête vers la lumière des autres, hors du confinement, voilà qu'il est perçu à son tour menace ; et le cercle vicieux se reforme.

Hier, le maître faisait sentir son autorité sur les lieux clos féminins par la solitude de son propre regard, annihilant ceux des autres. L'œil féminin à son tour, quand il se déplace, voilà que, paraît-il, le craignent les hommes immobilisés dans les cafés maures des médinas d'aujourd'hui, tandis que le fantôme blanc passe irréel mais énigmatique.

Dans ces regards licites (c'est-à-dire ceux du père, du frère, du fils ou de l'époux) – qui se lèvent sur l'œil et le corps féminin – car l'œil de celui qui domine cherche d'abord l'autre œil, celui du dominé, avant de prendre possession du corps –, se court un risque d'autant plus imprévisible que les causes peuvent en être fortuites.

Il suffit d'un rien – d'un épanchement brusque, d'un mouvement inconsidéré, inhabituel, d'un espace déchiré par un rideau qui se soulève sur un coin secret[3] – pour que les autres yeux du corps (seins, sexe, et nombril), risquent à leur tour d'être exposés, dévisagés. C'en est fini pour les hommes, gardiens vulnérables : c'est leur nuit, leur malheur, leur déshonneur.

Regard interdit : parce qu'il est certes interdit de regarder le corps femelle qu'on incarcère, dès l'âge de dix ans et jusqu'à quarante ou quarante-cinq ans entre les murs, au mieux entre des voiles. Mais aussi danger que le regard féminin, qui, libéré pour la circulation au-dehors, risque à tout instant de mettre à nu les autres regards du corps mobile. Comme si soudain le corps tout entier se mettait à regarder, à « défier », traduit l'homme... Une femme – en mouvement, donc « nue » – qui regarde, n'est-ce pas en outre une menace nouvelle à leur exclusivité scopique, à cette prérogative mâle ?

L'évolution la plus visible des femmes arabes, tout au moins dans les villes, a donc été d'enlever le voile. Nombre de femmes, souvent après une adolescence ou toute une jeunesse cloîtrées, ont vécu concrètement l'expérience du dévoilement.

Le corps avance hors de la maison et pour la première fois il est ressenti comme « exposé » à tous les regards : la démarche devient raidie, le pas hâtif, l'expression du regard contractée.

L'arabe dialectal transcrit l'expérience d'une façon significative : « je ne sors plus *protégée* (c'est-à-dire voilée, recouverte) » dira la femme qui se libère du drap ; « je sors *déshabillée* ou même *dénudée* ». Le voile qui soustrayait aux regards est de fait ressenti comme « habit en soi », ne plus l'avoir, c'est être totalement exposée.

Quant à l'homme qui consent à partager l'évolution la plus timide, la plus lente possible de ses sœurs ou de sa femme, le voilà condamné à vivre dans le malaise et l'inquiétude. Imaginant qu'à peine l'œil, et à sa suite, le corps, débarrassé de la voilette, puis du voile entier, la femme ne peut passer qu'au stade du risque fatal, découvrir l'autre œil, l'œil-sexe. A mi-distance dans ce glissement, est entrevue la seule halte de la « danse du ventre », elle qui fait grimacer, dans les cabarets, l'autre œil-nombril.

Ainsi le corps de la femme, dès que celle-ci sort de l'attente assise dans l'intérieur clôturé, recèle danger de nature. Bouge-t-il dans un espace ouvert ? N'est perçue soudain que cette multiplicité divagante d'yeux en lui et sur lui.

Autour de cette dérive féminine, se cristallise la hantise paranoïaque de l'homme dépossédé. (Après tout, le seul homme d'Alger qui en 1832 permet au peintre étranger la pénétration dans le harem est justement ancien petit corsaire vaincu, désormais *chaouch* obéissant à un fonctionnaire français.)

En Algérie, précisément, lorsqu'en 1830 commence l'intrusion étrangère – maintenue coûte que coûte aux seuils des sérails appauvris –, à l'investissement progressif de l'espace au-dehors, correspond parallèlement un gel de plus en plus sourd de la communication intérieure : entre les générations, et encore plus entre les sexes.

Ces femmes d'Alger – celles qui demeurent immobiles depuis 1832 sur le tableau de Delacroix –, s'il était possible hier de trouver dans leur fixité l'expression nostalgique du bonheur ou celle de la douceur de la soumission, aujourd'hui cependant, nous frappe au plus sensible leur amertume désespérée.

Au terme des combats héroïques, la femme regardait, la femme criait : regard-témoin tout au long de la bataille, que prolongeait le hululement pour encourager le guerrier (cri allongé trouant l'horizon comme un gargouillis infini du ventre, un appel sexuel en envol total).

Or les combats, tout au long du XIXᵉ siècle, de plus en plus au sud des terres algériennes, ont été successivement perdus. Les héros n'en finissent pas de mordre la poussière. Dans cette geste, regards et voix des femmes continuent à être perçus à distance, au-delà de la frontière qui devrait être celle de la mort, sinon de la victoire.

Mais pour ceux de l'âge de la soumission, féodaux ou prolétaires, fils ou amants, la scène demeure, les spectatrices n'ont pas bougé et c'est dans une crainte rétrospective que ceux-là se sont mis à rêver ce regard.

Ainsi, tandis qu'au-dehors toute une société se cloisonne en dualité vaincus-vainqueurs, autochtones et envahisseurs, dans le harem, réduit à un gourbi ou à une grotte, se verrouille quasi définitivement le dialogue. Si l'on pouvait seulement investir ce seul corps spectateur qui reste, davantage le cerner pour oublier la défaite !... Mais tout mouvement qui rappellerait la furia des ancêtres se fige irrémédiablement, redoublant l'immobilité qui fait la femme prisonnière.

Dans la culture orale algérienne, principalement dans les petites villes totalement investies, se développe dans le poème, dans le chant et jusque dans les figures de la danse lente ou nerveuse, le thème presque unique de la meurtrissure qui vient remplacer l'imprévisibilité vivace de l'expression du désir ironique.

Que la première rencontre des sexes ne soit possible qu'à travers le rite du mariage et de ses cérémonies éclaire sur la nature d'une obsession qui marque profondément notre être social et culturel. Une plaie vive s'inscrit sur le corps de la femme par le biais de l'assomption d'une virginité qu'on déflore rageusement et dont le mariage consacre trivialement le martyre. La nuit de noces devient essentiellement nuit du sang. Non pas de la connaissance ou à plus forte raison du plaisir, mais nuit du sang qui est aussi nuit du regard et du silence. D'où le chœur suraigu des longs cris poussés par les autres femmes (sororité spasmée qui tente de prendre envol dans la nuit aveugle), d'où le fracas aussi de la poudre pour mieux envelopper ce silence-là [4].

Or ce regard du sexe ensanglanté renvoie au premier regard, celui de la mère au terme de l'enfantement. L'image de celle-ci se dresse alors, ambivalente et éplorée, voilée totalement et en même temps livrée nue, jambes sanguinolentes dans les sursauts de la douleur.

Le Coran dit, on l'a souvent répété : « le Paradis se trouve aux pieds des mères ». Si le christianisme est adoration de la mère-vierge, l'islam, plus brutalement, entend par « mère », avant même la source de tendresse, la femme sans jouissance. Avec l'espoir obscur que l'œil-sexe qui a enfanté n'est plus de ce fait menaçant. La mère seule peut alors regarder.

II

Au temps de l'emir Abdelkader, des tribus nomades qui lui sont fidèles, les Arbaa et les Harazélias, se trouvent assiégées en 1839 au fort Ksar el Hayran par l'ennemi traditionnel Tedjini. Le quatrième jour du siège, les assaillants escaladent déjà les murs, quand une jeune fille des Harazélias, nommée Messaouda (« l'heureuse »), voyant les siens s'apprêter à tourner le dos, s'écrie :

> – Où courez-vous donc ainsi ? C'est de ce côté que sont les ennemis ! Faut-il qu'une jeune fille montre comment doivent se comporter les hommes ? Eh bien, voyez !

Elle monte sur le rempart, se laisse glisser au-dehors, face aux ennemis. S'exposant ainsi volontairement. elle déclame en même temps :

> – Où sont les hommes de ma tribu ?
> Où sont mes frères ?
> Où sont ceux qui chantaient pour moi des chants d'amour ?

Sur ce, les Harazélias s'élancent à son secours et la tradition rapporte qu'en vociférant ce cri de guerre et d'amour :

> – Sois heureuse, voici tes frères, voici tes amants !...

Ils repoussèrent, électrisés par l'appel de la jeune fille, l'ennemi.

Messaouda est ramenée en triomphe et, depuis, l'on chante dans les tribus du sud algérien le *Chant de Messaouda* qui rapporte ces faits et se termine justement par cette exaltation de la meurtrissure héroïque :

> – Messaouda, tu seras toujours une tenaille pour arracher les dents !

Nombre d'épisodes, dans l'histoire des résistances algériennes du siècle dernier, montrent en effet des femmes guerrières, sorties de ce rôle traditionnel de spectatrices. Leur regard redoutable aiguillonnait le courage, mais soudain, là même où pointe l'ultime désespoir, leur présence même dans le mouvement bouillonnant du combat fait la décision.

D'autres relations sur l'héroïsme féminin illustrent la tradition de la reine mère féodale (intelligence, sens de l'organisation et courage « viril »), à l'exemple de la lointaine Kahina berbère.

L'histoire de Messaouda, plus modeste, me paraît présenter un aspect plus nouveau : variante certes de l'héroïsme et de la solidarité tribale, mais surtout ici mise en correspondance d'un corps en danger (dans le mouvement totalement improvisé) avec une voix qui appelle, défie et écorche. Pour finir, elle guérit du risque de lâcheté et permet de trouver l'issue victorieuse.

– Sois heureuse, voici tes frères, voici tes amants ! Ces frères-amants s'effraient-ils plus de voir le corps alors totalement exposé, ou sont-ils davantage « électrisés » par la voix féminine qui court ? Ce son enfin sorti des entrailles, frôlant le sang de la mort et celui de l'amour. Et c'est la révélation : « Sois heureuse ! » Le *Chant de Messaouda* seul consacre ce bonheur de la femme totalement dans la mobilité à la fois improvisée et dangereuse, en somme créatrice.

Peu de Messaouda, hélas, dans notre proche passé de résistance anticoloniale. Avant la guerre de libération, la recherche de l'identité nationale, quand elle y incluait la participation féminine, se complaisait, même pour les figures exceptionnelles et reconnues de guerrières, à en évacuer le corps et à éclairer ces femmes en « mères ». Mais lorsque, au cours des sept années de guerre nationale, le thème de l'héroïne s'exalte, c'est justement autour du corps des jeunes filles que j'appelle « porteuses de feu » et que l'ennemi incarcère. Harems fondus un temps en prisons Barberousse, les Messaouda de la bataille d'Alger s'appelèrent Djamila.

Depuis cet appel de Messaouda et ce répons des « frères-amants », depuis cette course en avant de l'orgueil féminin libéré, qu'avons-nous comme « dit » de nos femmes, comme parole féminine ?

Le tableau de Delacroix nous montre deux des femmes comme surprises à converser, mais leur silence ne finit pas de nous parvenir. Parole arrêtée de celles qui baissent les paupières ou regardent dans le vague pour communiquer. Comme s'il s'agissait d'un secret à l'élucidation duquel veille la servante, dont on ne sait pas très bien si elle espionne ou si elle est complice.

Dès l'enfance, on apprend à la fillette « le culte du silence qui est une des plus grandes puissances de la société arabe » [5]. Ce qu'un général français, « ami des Arabes », appelle « puissance », nous le ressentons comme une seconde mutilation.

Même le oui qui doit suivre la *fatiha* du mariage et que le père doit demander à sa fille – le Coran lui en faisant obligation – est presque partout (dans l'aire musulmane) ingénieusement étouffé. Le fait que la jeune fille ne puisse être vue à découvert afin de proférer son acquiescement (ou son non-acquiescement) l'oblige à passer par le truchement d'un représentant mâle qui parle à « sa place ». Terrible substitution d'une parole à une autre, et qui, de plus, ouvre la voie à la pratique illégale du mariage forcé. Parole déflorée, violentée avant que n'intervienne l'autre défloration, l'autre violence.

D'ailleurs même sans *ouali*, on convient que ce « oui » qu'on attend directement d'elle, elle peut l'exprimer, à cause de sa « pudeur » devant le père et l'homme de loi, par son silence ou par ses larmes. Il est vrai que dans la Perse ancienne, on note une pratique encore plus caractéristique [6] : pour la consécration du mariage, le garçon fait entendre bien clairement son accord ; la fiancée, elle, est placée dans une chambre contiguë, au milieu d'autres femmes, près de la porte sur laquelle tombe un rideau. Pour faire entendre ce « oui » nécessaire, les femmes font cogner la tête de la jeune fille contre la porte, lui tirant un soupir.

Ainsi, le seul mot que la femme a à prononcer, ce « oui » à la soumission, sous couvert de bienséance, elle l'exhale malaisément, sous l'effet d'une douleur physique ou par l'ambiguïté de larmes silencieuses.

On raconte qu'en 1911, les femmes (mères et sœurs) dans diverses campagnes algériennes venaient errer autour des camps où se parquaient les conscrits dits indigènes, pour pleurer et se déchirer le visage. L'image de la femme éplorée, se lacérant les joues jusqu'à l'hystérie, devient chez les ethnologues d'alors la seule image « en mouvement » : plus de guerrières ni de poétesses héroïques. Quand il ne s'agit pas de femmes invisibles et muettes, si elles font toujours corps avec leur tribu, elles ne peuvent apparaître que comme furies impuissantes. Silence même des danseuses-prostituées des Ouled-Naïls au corps couvert jusqu'aux pieds, au visage d'idole alourdi de bijoux, au seul son rythmé des anneaux de chevilles.

De 1900 à 1954, en Algérie, fermeture donc d'une société indigène de plus en plus dépossédée, dans son espace vital et jusque dans ses structures tribales. Le regard orientalisant – avec ses interprètes militaires d'abord et ses photographes et cinéastes ensuite – tourne autour de cette société fermée, en soulignant davantage encore son « mystère féminin », pour occulter ainsi l'hostilité de toute une communauté algérienne en danger.

Il n'empêche pourtant que, durant cette première moitié du xxᵉ siècle, le resserrement spatial a conduit à un resserrement des relations parentales : entre cousins, entre frères, etc. Et dans les rapports frères-sœurs, ces dernières furent le plus souvent – toujours grâce à ce « oui-silence des larmes » – déshérédées au profit des mâles de la famille : autre figure là aussi de cet immémorial abus de confiance, de cette aliénation des biens et des corps.

Doublement emprisonnée donc dans cette immense prison, la femme n'a plus droit qu'à un espace se restreignant comme une peau de chagrin. Seule la relation mère-fils se renforça davantage jusqu'à bloquer toutes les autres circulations. Comme si le rattachement de plus en plus difficile aux racines, pour ces nouveaux prolétaires sans terre et bientôt sans culture, repassait par le cordon ombilical.

Mais, au-delà de ce resserrement à l'intérieur des familles, dont bénéficient les seuls mâles, il y a le rattachement aux racines orales de l'histoire.

Son de la mère qui, femme sans corps et sans voix individuelle, retrouve le timbre de la voix collective et obscure, nécessairement asexuée. Car dans ce tournoiement de la défaite ayant abouti à une immobilité tragique, les modèles pour retrouver second souffle et oxygène sont cherchés ailleurs [7] que dans cette sorte de ventre nourricier immense où la cohorte des mères et des aïeules, dans l'ombre des patios, des gourbis, a entretenu la mémoire affective...

Echos des batailles perdues du siècle passé, détails de couleurs dignes justement d'un Delacroix chez les récitantes analphabètes : les voix chuchotées de ces femmes oubliées en ont développé des fresques irremplaçables et ont tressé ainsi notre sens de l'histoire.

Par là même, la présence agrandie de la mère (femme sans corps ou au contraire au corps multiplié) se trouve être le nœud le plus solide d'une incommunicabilité quasi totale des sexes. Mais en même temps, dans le domaine de la parole, la mère semble avoir monopolisé en fait la seule expression authentique d'une identité culturelle, limitée certes au terroir, au village, au saint populaire local, quelquefois au « clan », mais en tout cas concrète et ardente d'affectivité.

Comme si la mère, reculant en deçà de la procréation, nous masquait son corps, afin de revenir comme voix d'aïeule indéfinie, chœur intemporel où se redit l'histoire. Mais une histoire dont s'expulse l'image archétypale du corps féminin.

En pointillé surnage un tracé hésitant, restes d'une culture de femmes qui s'asphyxie lentement : chansons de terrasses des jeunes filles [8], quatrains d'amour des femmes de Tlemcen [9], magnifiques thrènes funéraires de celles de Laghouat, toute une littérature qui devient hélas de plus en plus lointaine, pour finir par ressembler à ces oueds sans embouchure, égarés dans les sables...

Lamento du folklore des chanteuses juives et arabes des noces algéroises, peu à peu, cette douceur surannée, cette nostalgie amoureuse, à peine allusive, se transmet des femmes à des adolescentes, futures sacrifiées, comme si le chant se refermait sur lui-même.

Nous, enfants dans les patios où nos mères nous apparaissent encore jeunes, sereines, aux bijoux qui ne les écrasent pas – pas encore –, qui les parent souvent d'une vanité inoffensive, nous, dans le bruissement alangui des voix féminines perdues, nous en percevons encore la chaleur ancienne... mais rarement le recroquevillement. Or ces îlots de paix, cet entracte que garde notre mémoire, n'est-ce pas un peu de cette autonomie végétale des Algéroises du tableau, monde des femmes complètement séparé ?

Monde dont s'éloigne le garçon avançant en âge, mais dont s'éloigne aussi la jeune fille aujourd'hui qui s'émancipe. Pour celle-ci surtout, l'éloignement revient à déplacer le lieu de son mutisme : elle troque le gynécée et la communauté ancienne contre un face-à-face souvent fallacieux avec l'homme.

Ainsi, ce monde de femmes, quand il ne bruit plus de chuchotements de tendresse complice, de complaintes perdues, bref d'un romantisme d'enchantement évanoui, ce monde-là devient brusquement, aridement, celui de l'autisme.

Soudain la réalité présente se dévoile sans fards, sans passéisme : le son est vraiment coupé.

III

Alors que débutait à peine la guerre de libération en Algérie, Picasso va vivre, de décembre 1954 à février 1955, quotidiennement dans le monde des *Femmes d'Alger* de Delacroix. Il s'y confronte et bâtit autour des trois femmes, et avec elles, un univers complètement transformé : quinze toiles et deux lithographies portant le même titre.

Il m'émeut de penser que l'Espagnol génial préside ainsi à un changement des temps.

A l'entrée de notre « nuit coloniale », le peintre français nous livrait sa vision qui, remarque Baudelaire admirateur, « exhale je ne sais quel haut parfum de mauvais lieu qui nous guide assez vite vers les limbes insondés de la tristesse ». Ce parfum de mauvais lieu venait de bien loin et il se sera encore davantage concentré.

Picasso renverse la malédiction, fait éclater le malheur, inscrit en lignes hardies un bonheur totalement nouveau. Prescience qui devrait, dans notre quotidien, nous guider.

« Picasso a toujours aimé libérer les belles du harem » remarque Pierre Daix. Libération glorieuse de l'espace, réveil des corps dans la danse, la dépense, le mouvement gratuit. Mais aussi préservation d'une des femmes restée hermétique, olympienne, soudain immense. Comme une morale proposée, ici, d'un rapport à retrouver entre sérénité ancienne et parée (la dame, figée auparavant dans sa tristesse maussade, est dorénavant immobile, mais comme un roc de puissance intérieure) et l'éclatement improvisé dans un espace ouvert.

Car il n'y a plus de harem, la porte en est grande ouverte et la lumière y entre ruisselante ; il n'y a même plus de servante espionne, simplement une autre femme, espiègle et dansante. Enfin les héroïnes – à l'exception de la reine dont les seins éclatent néanmoins – y sont totalement nues, comme si Picasso retrouvait la vérité du langage usuel qui, en arabe, désigne les « dévoilées » comme des « dénudées ». Comme s'il faisait aussi de cette dénudation non pas seulement le signe d'une émancipation, mais plutôt celui d'une renaissance de ces femmes à leur corps.

Deux ans après cette intuition d'artiste, est apparue la lignée des porteuses de bombes, à la bataille d'Alger. Celles-ci sont-elles seulement les sœurs-compagnes des héros nationalistes ? Certes pas, car tout se passe comme si ces derniers, isolés, hors du clan, avaient fait un long parcours, des années 1920 à presque 1960, pour retrouver leurs « sœurs-amantes » et cela, à l'ombre des prisons et des sévices des légionnaires.

Comme s'il avait fallu la guillotine et les premiers sacrifiés du froid de l'aube pour que des jeunes filles tremblent pour leurs frères de sang et le disent [10]. L'accompagnement ancestral avait été jusque-là le hululement du triomphe et de la mort.

Il s'agit de se demander si les porteuses de bombes, en sortant du harem, ont choisi par pur hasard leur mode d'expression le plus direct : leurs corps exposés dehors et elles-mêmes s'attaquant aux autres corps ? En fait elles ont sorti ces bombes comme si elles sortaient leurs propres seins, et ces grenades ont éclaté contre elles, tout contre.

Certaines d'entre elles se sont retrouvées sexes électrocutés, écorchés par la torture.

Si le viol comme fait et « tradition » de guerre est en soi horriblement banal depuis que les guerres existent, il devint – lorsque nos héroïnes en furent les expiatoires victimes – motif à bouleversement douloureux, vécu comme traumatisme par l'ensemble de la collectivité algérienne. Sa dénonciation publique par journaux et prétoires interposés contribua certes à en amplifier la résonance scandaleuse : les mots qui le nommèrent firent, autour du viol, l'unanimité explicitement réprobatrice. Une barrière de mots tombait, se transgressait, un voile se déchirait devant une réalité menacée, mais dont le refoulement était trop fort pour ne pas faire retour. Celui-ci submergea une solidarité du malheur qui avait été un instant efficace. Ce que les mots avaient dévoilé le temps d'une guerre, voilà que retombe sur lui la chape épaisse des sujets tabous, voilà que s'inverse le sens d'une révélation. Revient alors le lourd silence qui met fin au rétablissement momentané du son. Le son est de nouveau coupé. Comme si les pères, frères ou cousins disaient : « Nous avons bien assez payé pour ce dévoilement des mots ! » Oubliant sans doute que des femmes ont inscrit dans leur chair meurtrie ce dire qui est pourtant pénalisé d'un silence s'étendant alentour.

Le son de nouveau coupé, le regard de nouveau interdit reconstruisent les ancestrales barrières. « Un parfum de mauvais lieu » disait Baudelaire. Il n'y a plus de sérail. Mais la « structure du sérail [11] » tente d'imposer, dans les nouveaux terrains vagues, ses lois : loi de l'invisibilité, loi du silence.

Je ne vois que dans les bribes de murmures anciens comment chercher à restituer la conversation entre femmes, celle-là même que Delacroix gelait sur le tableau. Je n'espère que dans la porte ouverte en plein soleil, celle que Picasso ensuite a imposée, une libération concrète et quotidienne des femmes.

Février 1979.

NOTES

1. Le talent novateur de Delacroix peintre s'oppose au traditionalisme de l'homme Delacroix. Voir son image très conservatrice de la femme quand, après sa visite à Alger, il note dans son journal à propos du harem : « C'est beau ! C'est comme au temps d'Homère ! La femme dans le gynécée s'occupant des enfants, filant la laine ou brodant de merveilleux tissus. C'est la femme comme je la comprends ! »

2. Les femmes voilées sont d'abord des femmes libres de circuler, plus avantagées donc que des femmes entièrement recluses, celles-ci en général les épouses des plus riches. Selon la tradition coranique, le mari ne peut empêcher sa femme d'aller au bain – hammam –, au moins une fois par semaine. Mais s'il est assez riche pour construire dans sa demeure son propre hammam ?

Dans ma ville natale, dans les années 30, des femmes, pour aller au bain, y allaient voilées, mais y allaient de nuit. La femme voilée qui circule de jour dans les rues de la ville est donc, dans une première étape, une femme « évoluée ».

Voile signifiant ensuite oppression du corps, j'ai connu des jeunes femmes qui refusaient au moment de leur adolescence le principe de circuler voilées. Aussi devaient-elles rester alors cloîtrées derrière fenêtres et barreaux, ne voyant que de loin l'espace extérieur... Demi-mesure dans les bourgeoisies nouvelles : faire circuler le plus possible leurs femmes dans des voitures individuelles (que celles-ci conduisent elles-mêmes), pour abriter ainsi le corps (la tôle jouant le rôle du tissu ancestral), et pour circuler le moins possible « exposées ».

3. La tradition rapporte une histoire d'amour entre le prophète Mohamed et, parmi ses femmes, Zaineb, la plus belle. Histoire née d'un simple regard.

Zaineb était mariée à Zaid, le fils adoptif du prophète. Un jour, celui-ci avait besoin de s'entretenir avec Zaid ; il s'approcha donc de sa tente. Zaineb lui répondit, Zaid étant absent. Elle se tenait abritée derrière une tenture, mais « un souffle de vent souleva le rideau » et la jeune femme, en déshabillé, apparut à Mohamed qui se retire, troublé.

Zaid ensuite redonnera sa liberté à Zaineb. Mais Mohamed devra attendre qu'un verset du Coran intervienne, légitimant une union avec une ex-épouse d'un fils adoptif Il épousera Zaineb qui restera, face à (et souvent contre) Aïcha, une épouse préférée. (Voir Gaudefroy-Demonbynes, *Mahomet*.)

4. Voir une chanson de noce dans l'ouest algérien :
« O les filles, je vous en prie
Laissez-moi dormir avec vous !
Chaque nuit, j'en ferai "exploser" une (de vous)
Avec le pistolet et le fusil !... »

5. Voir *La Femme arabe* du général Daumas, écrit peu avant la mort de l'auteur en 1871, publié en 1912.

6. Voir P. Raphaël du Mans, *Etat de la Perse en 1600*, Paris, 1890.

7. « Ailleurs », pour la genèse du nationalisme politique, c'est autant à partir de l'émigration ouvrière en Europe les années 1920, que grâce au mouvement des idées nouvelles de l'Orient arabe où se forment nombre de lettrés arabophones et musulmans (mouvements du P.P.A. et des *ulémas*.).

8. Les « chansons de terrasses » sont celles du jeu de la *Bokala* où les jeunes filles échangent des couplets rimés, comme signes de présages.

9. Il s'agit des *haufis*, genre de poésie populaire féminine et chantée. Ibn Khaldoun fait déjà mention de ce genre traditionnel qu'il appelle *mawahya*. Ce même type de littérature féminine se retrouve ailleurs qu'à Tlemcen, mais toujours dans de petites villes du nord algérien.

10. Voir avant 1962, Zora Drif, *La Mort de mes frères*.

11. Alain Grosrichard, *La Structure du sérail* », 1979.

« Il n'y a pas d'exil »

> a été publié dans *La Nouvelle Critique*, Paris, 1959, numéro spécial sur la littérature algérienne.

« Les morts parlent »

> a été publié partiellement, dans *Algérie Actualité*, 1969.

« Nostalgie de la horde »

> est un texte qui, comme plusieurs autres, entre, comme murmure féminin collectif, dans la composition, IIIe partie de mon roman : *Les Alouettes naïves*, éd. Julliard, Paris, 1967. J'ai choisi de lui faire clore ce recueil car la mémoire d'une chaîne d'aïeules retrouve ici les années 1830 où Delacroix à Alger apparaît comme seul étranger témoin, parmi tant d'envahisseurs.

A.D.

TABLE DES MATIÈRES

FEMMES EN LUTTE DANS TOUS LES PAYS

ESPAGNE

Lidia Falcon
LETTRES À UNE IDIOTE ESPAGNOLE
Essai, 1975

ITALIE

Collectif d'Italiennes
L'APAROLE ÉLECTORALE, 1978

Collectif de journalistes italiennes
ECRIRE CONTRE, 1979

Ida Faré, Franca Spirito
MARA ET LES AUTRES, 1982

**Michèle Causse
Maryvonne Lapouge**
ECRITS, VOIX D'ITALIE, 1977

Maria Rosa Cutrufelli
DES SICILIENNES, 1977

Collectif italien
ETRE EXPLOITÉES
Essai, 1974

ALLEMAGNE

Ulrike Meinhof
MUTINERIE ET AUTRES TEXTES
1977

ALGÉRIE-MAROC

Aïcha Lemsine
LA CHRYSALIDE
Roman, 1976

Assia Djebar
FEMMES D'ALGER DANS LEUR APPARTEMENT
Nouvelles, 1980

Djamila Olivesi
LES ENFANTS DU POLISARIO
Document illustré, 1978

EGYPTE

Naoual el Saadaoui
FEMMES ÉGYPTIENNES,
Tradition et modernité
Essai, 1991

DOUZE FEMMES DANS KANATER
Théâtre, 1984

LA FACE CACHÉE D'EVE
Essai, 1982

FERDAOUS, UNE VOIX EN ENFER
Roman, 1981
Préface d'Assia Djebar

AFGHANISTAN

Isabelle Delloye
FEMMES D'AFGHANISTAN
Document, 1980

LIBAN

Etel Adnan
SITT MARIE ROSE
Roman, 1978

IRAN

Kate Millett
EN IRAN
Photos de Sophie Keir
Essai, 1981

ALBANIE

Annick Miskè
DES ALBANAISES, 1976

URSS

Collectif de rédaction de l'Almanach
FEMMES ET RUSSIE 1981
FEMMES ET RUSSIE 1980

Collectif de rédaction du Club féministe Maria
MARIA 1981

ESSAIS

Séverine Auffret
DES COUTEAUX CONTRE
DES FEMMES - DE L'EXCISION
Préface de Benoîte Groult
1983

NOUS, CLYTEMNESTRE
Essai, 1984

Ti-Grace Atkinson
ODYSSÉE D'UNE AMAZONE , *1975*

Maria Isabel Barreno
LA DISPARITION DE LA MÈRE
Essai, 1983

Elena Gianini Belotti
COURRIER AU CŒUR, *1981*
DU CÔTÉ DES PETITES FILLES, *1974*

Mary Chamberlain
PAYSANNES DES MARAIS, 1976

Evelyne Le Garrec
LES MESSAGÈRES, *1976*

Phyllis Chesler
JOURNAL D'UNE MÈRE
Document, 1983

LA MÂLE DONNE, *1983*

Angela Davis
FEMMES, RACES ET CLASSES, *1982*

**Barbara Kavemann,
Ingrid Lohstöter**
LES PÈRES CRIMINELS, *1985*

Dolores Klaich
FEMME ET FEMME , *1976*

Susan Faludi
BACKLASH, *1993*

Eva Forest
TÉMOIGNAGES DE LUTTE
ET DE RÉSISTANCE
Documents, 1978

JOURNAL ET LETTRES DE PRISON
Documents, 1976

Lidia Falcon
ENFERS
Roman-document, 1979.

Antoinette Fouque
WOMEN IN MOVEMENTS
Recueil d'articles, 1992

WOMEN, THE PIONEER FRONT OF
DEMOCRACY, 1995

Ida Magli
MATRIARCAT
ET/OU POUVOIR DES FEMMES, *1983*

Lea Melandri
L'INFAMIE ORIGINAIRE, *1979*

**Margaret Mitscherlich,
Helga Dierichs**
DES HOMMES,
DIX HISTOIRES EXEMPLAIRES
Document, 1983

LA FEMME PACIFIQUE, *1988*

LA FIN DES MODÈLES, *1993*

Juliet Mitchell
PSYCHANALYSE ET FÉMINISME, *1978*

L'AGE DE FEMME, *1974*

Rossana Rossanda
ELLES, LES AUTRES, *1983*

Sheila Rowbotham
CONSCIENCE DES FEMMES,
MONDE DE L'HOMME
1976

Alice Schwarzer
LA PETITE DIFFÉRENCE ET SES
GRANDES CONSÉQUENCES
1978

Nicole Ward-Jouve
UN HOMME NOMMÉ ZAPOLSKI
1983

DES FEMMES EN 1789
CAHIERS DE DOLÉANCES
DES FEMMES
lus par
Sylvia Montfort

Antoinette Fouque
LE BON PLAISIR
Emission de France Culture réalisée par Françoise Malettra

Séverine Auffret
DES COUTEAUX CONTRE
DES FEMMES
lu par l'auteur

Impression réalisée sur CAMERON par

BUSSIÈRE CAMEDAN IMPRIMERIES
GROUPE CPI
à Saint-Amand-Montrond (Cher)
en novembre 2001

Dépôt légal : novembre 2001.
N° d'impression : 015337/1.

Imprimé en France